Blunk ☞ Minka

AF139055

Manfred Blunk

Minka

Meine Jünglingsjahre

in

Korswandt

Erinnerungen

FSC
www.fsc.org

MIX

Papier aus ver-
antwortungsvollen
Quellen
Paper from
responsible sources

FSC® C105338

Herstellung und Verlag
BoD – Books on Demand, Norderstedt
ISBN 978-3-7322-5578-8
7,90 €

Korswandt – auf Usedom in Pommern –

nennt man das Dorf zwischen Gothen- und Wolgastsee seit 1709 (Manfred Niemeyer, Uni Greifswald, Beiträge zur Ortsnamenkunde). Der Ortsname schrieb sich jedoch bis 1937 mit C statt mit K. Auf den Ortsschildern stand aber auch nach dem letzten Krieg noch Corswandt mit C. Die Pommernkarte des Rostocker Professors Eilhard Lubin von 1618 (Uni Greifswald) weist den Ort als Cosvantz aus. Doch Korswandt hat schon an die achthundert Jahre auf dem Buckel. Als Szutoswantz wurde die Ortschaft bereits 1243 erwähnt (Manfred Niemeyer). Der Name deutet wie viele andere Ortsnamen der Inseln Usedom und Wollin auf eine slawische Vergangenheit hin. Vor den Slawen waren aber schon die Germanen da, vielleicht auch in Szutoswantz.

So beginnen im „Memi" meine „Kindheitserinnerungen an Korswandt", und wer Memi und sein Dorf kennenlernen möchte, sollte zuerst „Memi" lesen, um dann im „Minka" zu erfahren, was aus Memi geworden ist.

Manfred Blunk

Memi

Kindheitserinnerungen
an

Korswandt

Die Kindheit lag nun hinter mir, aus Memi war Minka geworden und Minka trabte jeden Wochentag guten Mutes nach Ahlbeck zu Maurermeister Karl Müller. Ich musste aber nicht gleich mit Kelle, Hammer und Wasserwaage hantieren, sondern saß in des Meisters Büro und studierte die Fernstudienbriefe, die ihm zum Maurermeister verholfen hatten. Seine Wohnung befand sich im Obergeschoss des Mehrfamilienhauses Ritterstraße vier. Das Eckzimmer zur Dreherstraße war sein Büro, in dem ich jetzt Woche für Woche von Montag bis Samstag an seinem Schreibtisch saß.

Bei Müllers wird es wohl etwas eng gewesen sein, denn außer der Schwiegermutter des Meisters wohnte auch seine Tochter mit ihrem Mann in der Wohnung. Müllers Schwiegersohn war Architekt und hieß Auer, wenn ich mich nicht irre. Auers hatten notgedrungen Westberlin verlassen, weil Väterchen Stalin nach der Währungsreform im Westen Ende Juni 1948 eine Blockade über die Frontstadt verhängt hatte. Frau Müller, etwas rundlich, schien immer gute Laune zu haben. Und wenn der uniformierte Bote der Baupolizei Unterlagen zurückbrachte, schäkerte sie mit ihm wie mit einem alten Bekannten. Ihre Mutter kam hin und wieder zu mir ins Zimmer und erzählte dann lang und breit von ihrer Kindheit in Dargen, obwohl sie als verwirrt galt. Ab und an schaute auch der Meister nach mir.

Mit Fachrechnen und Raumlehre kam ich gut voran, andere Fächer fielen mir schwerer und einige Lehrhefte legte ich immer wieder beiseite, weil ich mit ihnen nichts anzufangen wusste. Nach einer Weile, als ich schon Quadratwurzeln von Hand ziehen und Korbbögen mit drei und fünf Mittelpunkten zeichnen konnte, erklärte mir Meister Müller, wie man mit Zirkel und Zeichendreieck einen Sowjetstern entwirft. Er hatte den Auftrag erhalten, das Ehrenmal für den sowjetischen Soldatenfriedhof in Ahlbeck zu errichten und musste dafür den Stern anfertigen lassen. Ob er das Ehrenmal auch entworfen hat, weiß ich nicht, es könnte aber sein, da er sich auch Architekt nannte.

Ahlbeck, Ritterstraße 4, Ecke Dreherstraße

Ehrenmal auf dem sowjet. Soldatenfriedhof in Ahlbeck

Mein Vater, der Zimmermann, derzeit Straßenwärter, hatte mit zwei Helfern alle Hände voll zu tun, um die zahlreichen Schlaglöcher in der Asphalt-Chaussee zwischen Ahlbeck und Kutzow zu beseitigen. Da sein Flickwerk aus Teer und Splitt nicht lange hielt, musste er an einem Ende schon wieder anfangen, wenn er am anderen gerade fertig geworden war. Seine Freizeit verbrachte er meistens damit, für seine Familie ein Haus zu bauen. Der Rohbau war fertig, jetzt wurden Fenster und Türen gebraucht. Bei der Beschaffung war ihm sein Schwager Gerhard behilflich, der im Bauamt tätig war. In den Militärbauten der Insel, vor allem in Peenemünde, war einiges zu holen. Traudchen und Gerhard wohnten mit ihrem kleinen Reiner seit Kurzem in Ahlbeck in der Schulzenstraße. Das hatte auch für mich sein Gutes; Mutti gab mir meistens Essen mit, das Traudchen mir mittags warm machte.

Im Herbst 1948 war nicht nur das Essen, sondern auch alles andere knapp. Es gab immer noch Lebensmittelmarken und viele Sachen bekam man nur auf Bezugsschein. Den Bauern war ein Abgabesoll auferlegt, das mein Großvater, in dessen Haus wir wohnten, immer gewissenhaft erfüllte, selbst dann, wenn es bei uns manchmal knapp wurde. Mutti aß öfter nichts weiter als Rote Beete und abends gab es lange Zeit nur Schrotsuppe. Auch die Raucher litten Not. Hast du noch 'ne Aktive?, war eine häufig gestellte Frage. Eine Aktive war eine industriell hergestellte Zigarette, die man jetzt nur selten sah. Die ersten Aktiven im Osten hießen Sondermischung I und II. Wer an Tabak herankam, rauchte Selbstgedrehte. Es wurde aber auch allerlei Kraut gequalmt. Opa baute seinen Tabak selber an und genoss ihn in der Pfeife.

Ohne Swinemünde war nun alles etwas umständlicher für uns. Von Wolgast oder Züssow, wo man jetzt umsteigen musste, wenn man mit dem Zug nach Greifswald oder Berlin fahren wollte, hatte ich während meiner ganzen Kindheit nie etwas gehört. Mit der alten Kreisstadt war auch die D-Zugstrecke Ducherow – Swinemünde verloren; die Gleise wurden demontiert und als Kriegsentschädigung in die Sowjetunion verfrachtet. Doch trotz des entbehrungsreichen und so ganz und gar veränderten Lebens waren die Leute nicht verdrossen. Bald nach dem Krieg hatte eine gewisse Aufbruchstimmung um sich gegriffen. Die Menschen waren lebenshungrig und wild auf Vergnügungen aller Art. So fanden die häufigen Tanzabende bei Schäfers im Idyll am Wolgastsee regen Zuspruch. Auch am Sonntagnachmittag konnte man auf dem Parkett im großen Saal das Tanzbein schwingen. Da waren wir Halbwüchsigen dann ab und an auch schon dabei. Um unsere Schüchternheit zu überwinden, mussten wir uns aber erst mal Mut antrinken. Doch für teuren Schnaps reichte unser Geld nicht, darum tranken wir meistens, bevor wir ins Idyll gingen, eine kleine Flasche Alkolat; das war ein Getränk mit geringem Alkoholgehalt.

Als im Mai 1945 die Rote Armee Korswandt besetzte, war das Idyll leer. Familie Schäfer hatte – warum weiß ich nicht – bei uns Unterschlupf gesucht und auf Fürsprache Gerhards auch gefunden. Eines Tages hielt vor Opas Haus ein Lieferwagen, dem zwei Zivilisten und einige russische Soldaten entstiegen. Einer der beiden Zivilisten hieß Stange und war ein früherer Kellnerkollege Emil Schäfers. Ihn, seinen Exkollegen, suchte Stange. Als er ihn gefunden hatte, zwang er ihn, in den Lieferwagen einzusteigen und fuhr mit ihm davon.

Später wurde bekannt, dass Stange Emil Schäfer und andere Männer in Swinemünde umgebracht hatte. Doch die Schäferfrauen gaben nicht auf. Ilse, die jüngere Tochter, heiratete Siegfried Brommecker, der eigentlich Förster war, aber jetzt Kneipier wurde. Siegfrieds älterer Bruder Karlheinz und dessen Frau wohnten auch im Idyll. Bald nach Ilses Vermählung stieg im großen Saal eine Doppelhochzeit. Edith, Ilses ältere Schwester, ehelichte Waldi Packmor aus Ahlbeck und ihre Mutter den beliebten Ahlbecker Stehgeiger Oskar Kroll, der bisweilen im Idyll zum Tanz aufspielte. Schäfers und Krolls stammten aus Westpreußen Brommeckers vermutlich aus Ostpreußen.

Hotel und Restaurant Idyll am Wolgastsee 2009, Seeseite.

Der Wolgastsee, an dem, in dem und auf dem ich manche schöne Stunde verbracht habe.

Nun hatte ich zwar noch nie eine Maurerkelle in der Hand gehabt, musste jedoch, seitdem ich in Meister Müllers Büro saß, die Ahlbecker Berufsschule besuchen. Der Unterricht dort bereitete mir aber bald großen Spaß, denn infolge der Müllerschen Studien konnte ich meistens – und oft als Einziger – die Fragen beantworten, die die Lehrer stellten. Als es später daran ging, Verblendmauerwerk mit Tusche zu zeichnen, war ich auch wieder unter den Besten, denn das hatte ich schon geübt.

Das Zeichnen mit der Reißfeder war gar nicht so einfach: die Strichdicke musste man mit einem Schräubchen einstellen, dann Tusche in die Feder füllen, und wenn man ungeschickt war, hatte man keinen Strich, sondern einen großen Klecks auf der Zeichnung. Federn, Tusche, Transparentpapier und Zeichengerät kaufte ich bei Ortmann, dessen kleiner aber feiner Laden sich in der Ahlbecker Seestraße befand.

Die ersten Monate musste ich zu Fuß nach Ahlbeck gehen, weil ich kein Fahrrad hatte. Das machte mir eigentlich nichts aus, als aber der Winter nahte, ging ich meistens in der Straßenmitte, wenn ich im Dunkeln nach Hause eilte. Könnte da nicht ein Bösewicht hinter einem Chausseebaum stehen oder aus dem Wald hervorspringen? Man hörte so manches. – Doch da waberten wohl nur meine Kindheitsängste.

Später, im nächsten Frühjahr, konnte ich endlich wieder mit dem Fahrrad nach Ahlbeck radeln. Hin und wieder fuhr ich gerne durch den Ort und sah mir die Schaufenster der Geschäfte an. In der Schulstraße gab es lange Zeit eine Tauschzentrale, in der alles Mögliche zum Tausch angeboten wurde. Am Ende der Strandpromenade, noch hinter dem Hotel Ostende, befand sich ein Laden, dessen Auslagen ich mir besonders gerne ansah. Was dort verkauft wurde, weiß ich heute nicht mehr, aber das Schaufenster zog mich damals magisch an. Oft stand ich auch vor einem Geschäft in der Seestraße. Über dem Eingang standen die Buchstaben

HO, die sich von Handelsorganisation herleiteten. Das war ein volkseigener Laden, in dem man ohne Lebensmittelmarken einkaufen konnte. Ein Schweineohr (Gebäck) kostete dort fünf Mark.

Mein Fahrradbummel war aber mehr ein Vorwand. Ich hatte unter den heranwachsenden Töchtern des Seebads eine grazile Schönheit entdeckt, die ich möglichst oft zu treffen hoffte. Sie war der eigentliche Grund meiner Bummelfahrten. – Was ging da vor in mir (und in meiner Hose)? Warum sprachen die Erwachsenen nicht darüber? Hin und wieder hatte ich etwas an der Straßenecke aufgeschnappt, wenn die jungen Männer mit ihren Eroberungen prahlten. Dabei redeten sie oft schlecht über die Frauen, bei denen sie vermutlich abgeblitzt waren. Das mochte ich nicht. Für mich war die Begegnung mit einem Mädchen die bezauberndste Verlockung schlechthin … Eine Hübsche in Korswandt hatte ich schon lange ins Herz geschlossen, war aber viel zu schüchtern, auch nur zu versuchen, sie zu küssen.

Das Selbststudium an Müllers Schreibtisch hatte sich in der Berufsschule zwar günstig auf meine Zensuren ausgewirkt, doch Maurer konnte ich hinterm Schreibtisch natürlich nicht werden. Also besprach ich mit dem Meister meine praktische Ausbildung. Kurze Zeit später schenkte er mir das Buch „Der Maurerlehrling". Dann war es so weit: Am ersten Juni 1949 machte ich mich mit Geschirreimer und Maurerspaten am Fahrrad auf die Chaussee nach Görke. Der Neubau eines Wohnhauses Ausgangs des Ortes war meine erste Baustelle. Doch ich habe an sie kaum eine Erinnerung. Durfte ich dort schon die Maurerkelle schwingen oder war ich Handlanger, der auf dem Rücken Ziegel und Mörtel aufs Gerüst schleppte? Ich weiß es nicht mehr. –Nur eins ist mir im Gedächtnis geblieben: Elektro-Meister Wittke aus Ahlbeck, der auch am Bau beteiligt war, schnitt mit einer motorgetriebenen Bügeleisensäge stundenlang Eisenbahnschienen auf Länge, die wir als Stürze über Fenster- und Türöffnungen legten.

Müllers Ehrenmal muss der Besatzungsmacht wohl gefallen haben, denn er hatte von der Roten Armee einen neuen Auftrag erhalten: Umbauarbeiten in Swinemünde. Also radelten wir nun jeden Werktag über die nahe Grenze nach Polen. In der früheren Bäckerei Bliesath, wo jetzt Brot für das sowjetische Militär gebacken wurde, sollten wir, Polier Willi Koopmann, ein Geselle Behm aus Gothen, wohl noch jemand, und ich, der Stift, das Dach über der großen Backstube anheben und darunter die Wände aufmauern.

Während meiner Kindheit war ich öfter in Swinemünde gewesen. Als ich jetzt wieder in die vom Krieg stark zerstörte Hafenstadt kam, beeindruckte mich am meisten eine große, blendend weiße Schwedenfähre. Hier gab es fast alles zu kaufen, vor allem Industriewaren. An manchen Kiosken, von denen es etliche in der Stadt gab, konnten wir Geld umtauschen. Fünfundzwanzig Złoty gab es für eine einzige Mark; das kleinste Weißbrot kostete aber einunddreißig Złoty. Bei der Heimfahrt wurden wir zwar jedes Mal vom polnischen Zoll kontrolliert, hatten aber nie Probleme, da wir immer die Ausfuhrbestimmungen einhielten. Ich konnte auch gar nicht viel kaufen, denn mein Geld reichte nur für ein paar Würfel Palmin und Margarine, die ich ab und an mit nach Hause brachte.

Da die Versorgungslage immer noch ziemlich dürftig war, kam meiner Mutter die Margarine aus Swinemünde gerade recht. Sie schmierte jetzt morgens nicht nur Papa und mir die Schnitten für die Arbeit, sondern auch Marlene, die seit Kurzem in Ahlbeck eine Lehre als Textilverkäuferin angetreten hatte. Auch andere Korswandter erlernten in Ahlbeck einen Beruf, unsere Großcousins Horst Rossow und Jochen Mundt Tischler, Fritzer Tesch Frisör. Ältere aus dem Dorf hatten ihr Handwerk noch in Swinemünde erlernt, nun gewann die Peenestadt Wolgast immer mehr an Bedeutung, zumal dort auf Geheiß der sowjetischen Militäradministration eine Schiffswerft gegründet wurde.

Die Peene-Werft war nicht die einzige Gründung damals. In vielen Orten der Insel entstanden Sportgemeinschaften, die vor allem das Handballspiel auf dem Großfeld betrieben. Etwa um die Zeit wurde auch die SG Korswandt gegründet. Zur Blütezeit gab es im Ort eine Männer-und eine Jugendmannschaft. Auf einem Feld hinter dem Forsthaus wurde der Bau eines Sportplatzes in Angriff genommen und unsere SG nahm an der Meisterschaft teil, die unter den Mannschaften der Insel ausgespielt wurde.

Die Männermannschaft auf dem Korswandter Sportplatz. Hintere Reihe von links: Heinz Seidenkranz (?), Günter Korinth (?), Karlheinz Brommecker, Erwin Schmeling, Horst Rossow; mittlere Reihe von links: Heinz Kadow (?), ?, Otto Blunk; vordere Reihe von links: Siegfried Brommecker, ?, und ?. Vielleicht sind auch Ulrichshorster dabei.

Das Torgebälk haben mein Vater und andere Zimmerleute erstellt, Fischer Seidenkranz hat die Tornetze geknüpft. Zusammen mit Erhard Peters habe ich während eines Urlaubs aus einer nahen Grube Lehm auf den Platz gefahren und mir für das verdiente Geld einen Anzug gekauft. Unsere Begeisterung für den Handballsport war groß und wir bezahlten den Lastkraftwagen, der uns zu den Spielorten brachte, oft selbst.

Korswandter und Ulrichshorster Mädchen spielten wohl in Ahlbeck Handball und es gab auch eine Gymnastikgruppe. Marlene hatte jedenfalls zwei Gymnastikkeulen. Die jungen Damen auf dem Foto gehören vermutlich auch zu der Gruppe. Von links: Ruth Seidenkranz, Gerlinde Dürkoop, und Elfriede Holzheimer aus Korswandt, Gertrud Wiedemann aus Ulrichshorst, davor sitzend: Christa Mazurek aus Korswandt.

In Swinemünde war es nicht bei der Arbeit in der Bäckerei geblieben. Wenn es um kleine Reparaturen ging, wurde ich losgeschickt. Mal waren ein paar Löcher im Außenputz eines Trafo-Gebäudes auszubessern, ein andermal bauten wir auf dem Badbahnhof einen großen Stahlbehälter aus, der nach einer Grobentrostung mit dem Maurerhammer zum Wasserwerk transportiert wurde. Dann sollten wir an einem Gebäude einen aus dem Lot geratenen Torpfeiler mit Stahlankern sichern. Dafür mussten in eine Innenwand Schlitze und in den Pfeiler Löcher gestemmt werden, was mir oblag. Da stand ich nun, ich halbe Portion, und schlug ein ums andere Mal mit dem dicken Fäustel auf den Steinbohrer ein. Der ächzte und knirschte mit seinen Stahlzähnen, denn so schnell gaben die harten Klinkerziegel nicht klein bei, und mir wurden bald die Arme lahm.

Wir waren immer noch mit dem Umbau der Bäckerei beschäftigt, da sprach uns eines Tages bei der Grenzkontrolle einer der Zöllner an: Sie hätten das Holz für eine neue Bude daliegen, ob wir die nicht aufstellen könnten. Die Männer berieten sich kurz und sagten zu. Am nächsten Samstagmittag machten wir uns an die Arbeit. Nun waren wir zwar keine Zimmerleute, dennoch sah das Häuschen ganz ordentlich aus. Ich hatte an der Aktion allerdings den geringsten Anteil. Gegen Abend war das Werk vollendet. Die Zöllner bedankten sich bei uns mit Handschlag und verabschiedeten uns, ohne unsere Rucksäcke zu kontrollieren.

Das blieb auch an den folgenden Tagen so: wir wurden durchgewinkt. Jetzt ging was los. Unsere Rucksäcke waren jeden Nachmittag propenvoll. Vor allem Margarine und Palmin brachten wir mit. Was wir nicht selbst verbrauchten, wurde weiterverkauft. Kollege Behm unterhielt bald einen schwunghaften Margarinehandel. Er verkaufte auch meine Margarine, was mir – für meine Verhältnisse – ein kleines Vermögen einbrachte. Ich kaufte mir neue Bereifung fürs Fahrrad und Tennisschuhe, versorgte Mutti und Oma reichlich mit Palmin und Margarine und gab Papa noch zweihundert Mark zum Hausbau dazu.

Ich weiß nicht mehr, ob unsere Arbeit in Swinemünde schon beendet war, als Meister Müller uns im September plötzlich erklärte, dass er seine Firma auflösen müsse. Wir Lehrlinge, Lothar Böhlke aus Kamminke und ich, wurden von der volkseigenen Bau-Union Heringsdorf übernommen. Schade, die interessante Zeit in Swinemünde war vorbei. Aber ich hatte jetzt einen Lehrvertrag.

Nr. 110/49

Eintragung in die Lehrlingskartei beim Amt für Arbeit	Eintragung in die Lehrlingsrolle der zuständigen Berufsvertretung
in _Amb. Ahlbeck_, den _22. 11._ 19_49_	
i. A. Dujci	, den _____ 19__
(Unterschrift und Stempel)	(Unterschrift und Stempel)

Lehrvertrag

Dieser Lehrvertrag hat die Ausbildung in dem anerkannten Lehrberuf

als _____ _Maurer_ _____ zum Ziel

VVB Hoch- und Tiefbau
Land Mecklenburg
Bau-Union Heringsdorf

Zwischen Lehrbetrieb, vertreten durch _____
(Name) (Beruf)

in _____

und dem Lehrling _Manfred Blunk_ _____

wohnhaft in: _Korswandt a/U._ _____

geboren: _10.3.34_ in: _Korswandt a/U._

vertreten durch Vater — ~~Mutter~~ — ~~gesetzlicher Vertreter*~~) _Otto Blunk, Zimmermann_
(Name) (Beruf)

wohnhaft in: _Korswandt a./U._ _____
(Ort) (Straße)

wird nachstehender Lehrvertrag geschlossen:

§ 12
Mitwirkung der BGL (Betriebsobmannes)
Die BGL (bzw. Betriebsobmann oder zuständige Industriegewerkschaft im FDGB) hat die Pflicht, im Rahmen der gesetzlichen Vorschriften und betrieblichen Vereinbarungen
1. die Einhaltung der Berufsausbildungsverordnung, der Jugendarbeitsschutzbestimmungen, des zuständigen Tarifvertrages sowie der weiteren gültigen Gesetze zu überwachen;
2. die Einhaltung des abgeschlossenen Lehrvertrages zu überwachen;
3. die gesamte Ausbildung des Lehrlings, auch die gewerkschaftliche, tatkräftig zu fördern.

Gelesen, genehmigt und unterschrieben

Bau-Union Heringsdorf _Swinow_, den _27.10._ 19_49_
(Ort) (Datum)

Land Mecklenburg
Bau-Union Heringsdorf
des Lehrbetriebes

Manfred Blunk
der Lehrling

Otto Blunk
der gesetzliche Vertreter*)

Betriebsgewerkschaftsleitung
d X X X m X X X m X on

*) Wird der Lehrling durch einen Vormund oder Pfleger vertreten, so ist zum Abschluß des Lehrvertrages die Genehmigung des Vormundschaftsgerichtes erforderlich. Ist die Mutter die gesetzliche Vertreterin des Lehrlings und ist der Mutter ein Beistand bestellt, so ist die Genehmigung des Vormundschaftsgerichtes nicht erforderlich. Dagegen muß der Beistand zum Abschluß des Lehrvertrages seine Zustimmung geben. In diesem Falle ist der Lehrvertrag sowohl von der Mutter als auch vom Beistand zu unterschreiben.

18

Das Ende der Müllerschen Firma bescherte mir ein paar ar-
beitsfreie Tage, die ich überwiegend mit der anwesenden
Dorfjugend am Wolgastsee verbrachte. Der Sommer stand
noch voll im Saft. Sehr weit oben zogen unter dem blass-
blauen Himmel gemächlich weiße Wölkchen dahin. Ein
stiller Sonnenglanz lag über Wald und Flur. Die Schwalben
sammelten sich schon auf den Freileitungen für ihre lange
Reise nach Afrika. Wie jedes Jahr entfalteten Muttis
Dahlien vor unserem Haus ihre ganze Blütenpracht. Der be-
törende Duft von frischem Heu wogte durchs Dorf und nur
das bunte Laub der Bäume hier und da gemahnte an den
nahen Herbst.

Die Korswandter hatten sich mit den neuen Verhältnissen
schlecht und recht abgefunden – was hätten sie auch sonst
tun sollen? Jeder richtete sich so gut ein, wie es eben ging.
Die Altansässigen, vor allem die Bauern, kamen damit noch
am ehesten zurecht. Den Neudörflern fiel das schon schwerer. Sie sollten hier nicht nur Wurzeln schlagen, sondern
mussten auch ganz von vorne anfangen. Die Umsiedler, so
wurden die Heimatvertriebenen offiziell genannt, waren vor
allem im Idyll und im Landjahrlager untergekommen. Doch
auch anderswo im Dorf bis hin zum Seehof am Gothensee
fand sich die eine oder andere Bleibe. So wohnte jetzt Frau
Neb mit ihren drei Söhnen Oswald, Reinhold und Harry bei
uns in der neuen Dachgeschosswohnung. Oswald, der Äl-
teste, lernte wie ich Maurer.

Hans Diebitz aus Swinemünde hatte sich im Nebengebäude des Landjahrlagers einquartiert und dort seine Elek-
trofirma aufgebaut; auch die Elektroanlage in Papas Haus
hat er installiert. Max Dürkoop, ebenfalls aus Swinemünde,
betrieb auf seinem Grundstück in Korswandt eine Schmie-
de. Beide Handwerksmeister bildeten auch Lehrlinge aus.
Erster Lehrling bei Hans Diebitz war Hansi Lettke, der hinter Stroheckers Mühle auf dem Berg wohnte. Dort, bei
Stroheckers, war Familie Schmeling in die Dachgeschosswohnung eingezogen und Vater Schmeling, auch Müller,

verdiente sich seine Miete in der Mühle. Arbeit fand sich schließlich für alle. Manche Frau hatte nicht nur die Heimat, sondern auch den Mann verloren und musste nun alleine für die Familie sorgen. Wenn sich im Dorf keine Arbeit bot, ging sie zum Bau, pflanzte Strandhafer auf den Dünen oder half im Wald bei der Aufforstung der Kahlschläge. So konnte sie einigermaßen ihren kargen Lebensunterhalt bestreiten.

Das Hauptgebäude des Landjahrlagers 2009, derzeit Hotel Pirol. Links davon stand früher das Nebengebäude, inzwischen durch einen Hotelneubau ersetzt. Als ich Kind war, beherbergten die Gebäude vierzehnjährige Mädchen, die hier im Sommerhalbjahr ein Landjahr ableisteten. Die Maiden, wie sie im Sprachgebrauch der Nationalsozialisten genannt wurden, kamen meistens aus den großen Städten, oft von weit her. Sie sollten das Landleben kennen- und lieben lernen, darum halfen sie neben der Ausbildung im Lager auch den Bauern bei der Arbeit. Manchmal kam aus Ahlbeck ein Fanfarenzug der Hitlerjugend herüber, stellte sich vor dem Lager auf und blies den Mädchen ein Ständchen. Da waren wir Kinder natürlich auch dabei.

Mit der Schönen in Ahlbeck war ich ins Gespräch gekommen. Sie hieß Brigitte, wurde aber von allen nur Püppi genannt. Wir trafen uns bisweilen, manchmal zufällig, mitunter auch verabredet. Gewöhnlich sagte ich dann verschmitzt lächelnd, weil ich die Antwort schon kannte: „Sonntag ist Tanz im Idyll, kommst du?" Sie antworte jedes Mal mit gespielter Entrüstung und strahlte mich dabei an: „Du weißt doch, dass meine Mutter mich nicht lässt!" Na ja, Püppi zählte damals vielleicht grade mal vierzehn Lenze; zum andern war ich mir auch nicht ganz sicher, ob sie mich wirklich mochte.

Doch Püppi fand einen Weg, mir ihre Zuneigung zu offenbaren. Der Weg führte von Ahlbeck nach Korswandt. An einem sonnigen Sonntagnachmittag stand sie plötzlich neben mir, einen großen schwarzen Zottelhund an der Leine, und sagte lässig: „Na!" Mir blieb glatt die Spucke weg. Püppi in Korswandt! „Ich wollte mir mal dein Idyll ansehen", flötete sie übermütig und sah mich dabei spitzbübisch an. Vor Freude war ich noch immer sprachlos, allerdings dämmerte mir, dass sie wohl doch eher mich sehen wollte. Wir schlenderten dann eine Weile am See entlang und setzten uns schließlich ins Gras. Ich war im siebenten Himmel. Vielleicht hätte ich mich sogar getraut, Püppi zu küssen, aber der große Zottelhund saß zwischen uns. Da nützten auch all die Liebespfeile nichts, mit denen Amor mich spickte.

Unser Sportplatz wurde mit großem Hallo eingeweiht. Lustige bunte Plakate mit Pfiff kündigten die Festveranstaltungen an. Was macht die Handballbraut am Sonntagnachmittag?, stand auf einem der Aushänge unter der Karikatur von Evalotte Sachse, die mit Neudörfler Günter Korinth verlobt war. Auf einem anderen: Otto vor, noch ein Tor!, neben dem karikierten Abbild meines Vaters beim Torwurf. Aber

Papa, eigentlich Fußballer, warf nur selten mal ein Tor, war jedoch ein guter Deckungsspieler. An weitere Gemälde, die es vielleicht auch noch gegeben hat, kann ich. mich nicht mehr erinnern.

Im Mittelpunkt des Sportfestes stand natürlich unser neuer Sportplatz, der seine ersten beiden Handballspiele erlebte. Die Männer und die männliche Jugend spielten, glaube ich, gegen Ahlbecker Mannschaften. Ahlbecks Erste glänzte mit solchen Könnern wie Pony Wessel, Aßmann, Torwart Glasow oder Papas Schwager Erich Tettenborn. Gegen die Truppe hätte unsere Erste natürlich nicht viel zu bestellen gehabt. Aber auch der Nachwuchs dort wusste was mit dem Ball anzufangen. Von dem Männerspiel weiß ich nur noch, dass Horst Rossow als einziger von uns Jungen bei den Männern auflief.

Vom Spiel der Jugendmannschaft, in der ich wohl Spielführer war, weiß ich kaum mehr. Jochen Mundt könnte dabei gewesen sein, und Neudörfler Günter Stegemann vielleicht. Vermutlich haben in unseren Mannschaften auch Ulrichshorster mitgewirkt. Der Spielverlauf war für uns ziemlich ernüchternd. Die Ahlbecker warfen Tor auf Tor, doch wir kamen kaum an den Ball. Mein Gegenspieler war größer als ich, deckte mich hautnah und sagte fortwährend: „Du machst heute kein Tor." Doch das stimmte am Ende nicht ganz. Wir bekamen einen Strafwurf zugesprochen, den ich an die Innenseite des linken Pfostens setzte und zu unserem einzigen Tor verwandelte. Die eklatante Niederlage gegen die überlegenen Ahlbecker hat uns aber keineswegs die Stimmung verdorben; wir freuten uns doch schon riesig auf den Sportlerball im Idyll.

Der große Saal war proppenvoll. Auch die Dorfbälle sonst fanden regen Zuspruch, aber der Sportlerball hatte natürlich mehr zu bieten, als ein gewöhnlicher Tanzabend. Lothar Schröder, ein Angestellter der Post in Ahlbeck, trat als Jongleur auf. Donnerwetter! Da flogen Keulen und Kugeln und Ringe verwirrend schnell durch die Luft, und wenn er dann alles wieder auffing, sparten die Leute nicht mit Beifall. Am Ende der Darbietung kam – passend zum Sportlerball – seine Glanznummer: Lothar jonglierte mit einem Fußball, einer Männerkugel und einem Tischtennisball. Da war sich der Saal einig: „Dei hett wat upn Kasten!" („Der hat was aufm Kasten!")

Eine weitere Attraktion bot die Kraftsportgruppe Heringsdorf. Jochen Schilling, ein adonischer Herkules, schön und stark, war Inspirator und Untermann der Gruppe. Mal lag er auf dem Rücken, mal stand er und bildete mit einem oder mehreren seiner Männer verschiedene Figuren. Zum Schluss kam der Höhepunkt: Schilling stand breitbeinig da, ein Mann kletterte an ihm hoch und stellte sich auf seine Schultern. Zwei weitere traten links und rechts an ihn heran, wurden vom Obermann hochgezogen und vom Untermann mit den Armen abgespreizt. Jetzt hängten sich noch zwei Männer an Schillings Arme. Darauf stieg ein zierlicher Jüngling an der Gruppe hoch und machte auf dem Kopf des Obermannes einen Handstand, allerdings nur mit angewinkelten Beinen, da die Saaldecke im Wege war. Als alles stand und hing, drehte Jochen Schilling sich einmal langsam um die eigene Achse und lächelte dabei in die Runde. Aber man sah an seinem Muskelspiel, wie anstrengend die Übung war. Rauschender Beifall, fast schon ehrfürchtig.

Was sonst noch auf dem Sportlerball geboten wurde, weiß ich nicht mehr genau, aber die Gymnastikgruppe mit den jungen Damen aus Korswandt und Ulrichshorst wird im Programm wohl nicht gefehlt haben. Jedenfalls war die Stimmung prächtig, zumal die Ober auch schon eifrig serviert hatten. Natürlich wurde nach den Darbietungen ausgiebig getanzt. Auf dem Parkett waren Günter Korinth und Evalotte Sachse eins der elegantesten Paare und Günter, ganz Kavalier, hatte ein seidenes Tuch in der Hand, mit der er seine Tänzerin führte. Der Sportlerball war am Ende ein harmonisches Fest, bei dem auch nicht der geringste Gedanke an eine Keilerei aufkam, wie es sie auf den Dorfbällen hin und wieder noch gab.

In Katschow hatte Anfang September 1949 ein Großfeuer gewütet und etliche Gebäude verwüstet. Kurze Zeit später rückten Maurer und Zimmerer der Bau-Union Heringsdorf an und begannen, die zerstörten Gebäude wieder aufzubauen. In Görke war ich schon mit der Firma Müller gewesen, jetzt, mit der Bau-Union, ging es noch ein paar Kilometer weiter.

Ich kam zu Vorarbeiter Stühtz Quadt, der mit zwei Gesellen und einem Hucker eine abgebrannte Scheune bei Bauer Tietz aufmauerte. Dessen Hof war vermutlich etwas größer als der meines Großvaters, denn Bauer Tietz hatte einen Zweispänner und zwei Knechte. Opa konnte sich mit Müh und Not ein Pferd leisten und selbst den kärglichen Lohn für einen Knecht warf sein kleiner Dreißig-Morgen-Hof nicht ab.

Umsiedler Quadt war etwas älter als mein Vater, groß und muskulös, und hatte eine Haut wie Leder. Er stammte aus der Pommern-Metropole Stettin und war in seiner Jugend Ringer oder Gewichtheber gewesen. An die Gesellen und den Hucker kann ich mich kaum noch erinnern. Der Hucker musste Mauerziegel und Mörtel herbeischaffen. Wenn der Tubben, also der Mörtelkasten, leer war, rief der Maurer: Hier fehlt der Kalk! Dann schwang sich der Hucker seine schon gefüllte Mörtelhucke aufs Kreuz, lief damit zu dem leeren Kasten und schüttete den Mörtel hinein. Die Ziegel schleppte er auf die gleiche Weise zu den Maurern. Standen die auf einem fünf, sechs Meter hohen Gerüst, musste der Hucker – Leiter rauf, Leiter runter, Leiter rauf, Leiter runter – schon gut zu Fuß sein.

Da ich das Arbeitstempo der Männer noch nicht mithalten konnte, hatte mir der Vorarbeiter aufgetragen, eine etwa zwei Meter breite Öffnung in einer einsteindicken Wand zuzumauern. Das war keine schwere Aufgabe, ich musste nur an der glatten Seite der Wand meine Schnur spannen und abwechselnd eine Schicht Läufer und eine Schicht Binder in den Mörtel der Lagerfuge drücken, und zwar möglichst so, dass beim Verlegen der Mauerziegel die Stoßfugen auch geschlossen wurden. Doch das gelang mir anfangs noch nicht so recht. Aber Übung macht den Meister. Bald ging mir das Mauern schon ganz gut von der Hand und ich schaffte es, an einem Tag vierhundert Ziegel zu vermauern, was einem Kubikmeter Mauerwerk entsprach.

Vor dem Krieg und auch noch in den ersten Kriegsjahren besuchten sich verwandte und befreundete Familien ab und an. Mutti und Papa gingen mit uns Kindern, meistens an Sonntagen, mal zu Rossows, mal zu Dröses oder auch zu Tante Lieschen, Muttis bester Freundin. Im Gegenzug kamen die Besuchten mit ihren Kindern zu uns. Auch bei Tante Anneliese, Papas Schwester in Ahlbeck, schauten wir hin und wieder vorbei. Tettenborns hatten zwei Mädchen. Unsere Cousinen waren ein paar Jahre jünger als Marlene und ich; mit Helga konnten wir schon spielen, aber Monika lag noch in den Windeln.

Oma nahm uns Kinder öfter mit, wenn sie ihre Schwester Hedwig in Garz besuchte. Wir gingen dann durch den Wald am Krebssee vorbei durch die Bahnunterführung zum Pahlschen Bauernhof, von dem es nicht mehr weit war bis zum Flugplatz. Auch nach Ulrichshorst nahm unsere Großmutter uns mit, wenn sie dort ihre Jugendfreundin oder ihren Bruder Willi besuchte. Und einmal waren wir mit ihr sogar auf einer Hochzeit in Bossin.

Doch irgendwann schlief die Tradition der Sonntagsbesuche ein. Nur unsere Oma Blunk in Ahlbeck besuchten wir Kinder noch eine Zeit lang; sie hatte am dritten Januar Geburtstag und Mutti war sehr daran gelegen, dass wir ihr jedes Jahr ein kleines Geschenk brachten. – Dann war da noch ein ganz besonderer Besuch in Korswandt: Jan, der junge Pole, im Krieg Zwangsarbeiter bei Schimmels, war heimlich über die Grenze gekommen und hatte sich bei Familie Schimmel für die gute Behandlung bedankt.

Nach den letzten linden Sommertagen schwang jetzt der Herbst das Zepter. Die große Pappel vor unserm Haus hatte seiner stürmischen Herrschaft schon etliche Blätter geopfert. Opa, Oma und Mutti ernteten die letzten Kartoffeln sowie Kohl und Rüben. Nach dem Krieg baute jeder, der nur irgendein Fleckchen Acker besaß, Zuckerrüben an. Aus dem Rübensaft wurde Sirup gewonnen, den man aufs Brot schmierte. Handwerker im Dorf hatten eigens für die Sirupherstellung Zuckerrübenpressen gebaut. Da Zucker knapp war, oft gab es nur den braunen Rohzucker, pflanzte auch Opa die begehrten Rüben, aus denen Mutti mit einer geborgten Rübenpresse den geschätzten Brotaufstrich hervorzauberte. So hatten wir wenigstens süßen Sirup.

Auf der Suche nach Nahrung zogen viele Leute immer noch über Land. Wer Schmuck, Kleidung, Haushaltsgeräte oder sonst etwas Brauchbares entbehren konnte, versuchte dafür Lebensmittel einzutauschen. Mancher der Bauarbeiter in Katschow kaufte, bevor er am Wochenende nach Hause fuhr, in Dargen für zwanzig Mark ein Stück Bauernbutter. Aber die meisten Hungerleider sammelten Ähren auf den Stoppelfeldern und stöpselten Kartoffeln, sobald die Äcker abgeerntet waren. Doch nicht jeder Bauer duldete Fremde auf seinem Land.

Ich war ein einziges Mal mit Papa stöpseln, warum, weiß ich nicht mehr, wir hatten bei Opa eigentlich immer genug Kartoffeln. In der Nähe von Kachlin fanden wir ein Feld, das früher zum Gut gehört haben mochte, jetzt, nach der Bodenreform, aber einem Neubauern gehören konnte. Es dauerte schon ein paar Stunden, bis unser Sack endlich voll war. Also hurtig die Knollen aufs Rad gehievt und ab nach Hause. Wir hatten ein Damenrad mit und den Sack in den Durchstieg gestellt. Als der Sack verrutschte, rückte Papa ihn zurecht. Danach rührte sich das Rad wie ein störrischer Esel nicht mehr vom Fleck. Also: Sack runter, nachsehn: Fahrrad fährt. Sack wieder rauf: Fahrrad steht. Verdammte Sch…! Das ging so eine Weile. Dann kamen wir endlich dahinter, dass das störrische Verhalten des Rades ein ganz normaler Vorgang war: Der schwere Sack hatte immerzu gebremst, weil er auf dem Rücktritt stand. Endlich wieder in Korswandt, brachten wir die Kartoffeln in Papas Haus, das demnächst unser neues Zuhause werden sollte.

Papas Haus gegenüber vom Idyll

Mutti war schon seit Längerem mit dem Umzug beschäftigt. Sie hatte bereits für alle Fenster Gardinen genäht und irgendwann auch einen transportablen Herd gekauft. Seltsamer Weise habe ich an den Umzug nicht die geringste Erinnerung. Marlene bekam im neuen Haus auf der Hofseite neben der Küche ihr eigenes Zimmer. Zur Straße hin lagen das Elternschlafzimmer und das Wohnzimmer, in dem ich auf der Couch schlief. Das gefiel mir, weil neben der Couch unser guter alter Graetz stand. So konnte ich vor dem Einschlafen immer Radio hören. Manchmal erwischte ich einen Sender, der sich Danmarks Radio Kobenhag Kobenborg nannte, jedenfalls habe ich die Ansage so verstanden. Da kam, wohl auf Langwelle, vom Dänenland her aus dem

Lautsprecher ein musikalisches Feuerwerk, das mich in helles Entzücken versetzte. Was war das für eine wunderschöne Musik, die in mir augenblicklich eine nie gekannte Fröhlichkeit auslöste? Mir gefiel auch manches, was die deutschen Sender brachten, aber jetzt wollte ich so oft wie möglich die wunderbare Musik hören, die aus Dänemark über die Ostsee heranwehte.

Papa hatte mit dem Hausbau schon Mitte der dreißiger Jahre begonnen, aber dann schien der Krieg alles zunichte zu machen. Doch mein Vater hatte Glück, kam gesund wieder nach Hause und konnte sein Werk vollenden. Am meisten freute Mutti sich über unser neues Heim. Eigner Herd ist Goldes wert. Und mit der Waschküche im Keller hatte Papa ihr einen Herzenswunsch erfüllt.

Im November war das Mauern nicht die reine Freude. Nieselregen bei null Grad Mittagstemperatur. Die Ziegel waren vereist und Handschuhe verpönt. Aber so ein alter Haudegen wie Stühtz Quadt dachte nicht im Traum daran, deshalb mit dem Mauern aufzuhören. Regenstunden gab es wohl, aber da musste es schon richtig pladdern. Doch der griesgrämige November war bald vergessen.

Werner Krüger aus unserm Dorf lernte Zimmermann und arbeitete auch in Katschow. Wir fuhren ein paarmal zusammen zur Arbeit; er kannte einen Weg durchs Thurbruch. Tietzens Scheune hatten wir hochgemauert. Die Balkenlage war schon verlegt und die Zimmerleute waren dabei, Fußbodenbretter senkrecht auf die Balken zu stellen. Wir Maurer arbeiteten in gebückter Stellung unten an den Futterkrippen. Mit Bierflaschen glätteten wir den Estrich in den Trögen. Plötzlich rutschte von einem Balken ein Brett ab und traf wie ein Fallbeil Stühtz Quadt genau ins Genick. Wir waren zu Tode erschrocken, als er reglos neben der Krippe lag. Die beiden Gesellen versuchten ihn aufzurichten, dabei kam er zu sich. „Du musst sofort zum Arzt!" – „Quatsch!", sagte Stühtz, griff sich an den Nacken, reckte sich kurz und ging wieder an seine Arbeit.

Im Frühjahr, als die Zimmerleute den Dachstuhl aufge-
richtet und die Richtkrone über dem First an die Sparren
genagelt hatten, wurde das Richtfest gefeiert. Zusammen
mit Familie Tietz versammelten sich alle am Bau Beteilig-
ten und der Zimmerpolier sagte den Richtspruch auf:

> Vom Grunde bis zum Firste steht
> das neue Haus nun wie ihr seht.
> Der Maurer und der Zimmermann
> mit Stolz es nun betrachten kann.
>
> Im rechten Winkel und im Lot
> steht Mauer, Balken, Wand und Schlot.
> Und selbst das Dach ist so gefügt
> dass es dem Schönheitssinn genügt
>
> Dem Bauherrn werde Glück und Heil
> mit Frau und Kindern stets zuteil.
> Gesundheit, Heiterkeit und Frieden
> sei ihnen immerdar beschieden.

Das neue Haus war zwar nur eine Scheune, die auch nicht
völlig neu war und keinen Schlot hatte, aber vielleicht gab
es für Scheunen keinen Richtspruch. Doch das schmälerte
den Beifall der Anwesenden nicht, zumal der Bauherr Korn
hatte servieren lassen. Nach dem Beifall verneigte sich der
Polier, rief, während er ein Glas ergriff, „Prost!" und kippte
den Korn in einem Zug hinunter. Alle anderen taten es ihm
gleich. Ich hatte auch ein kleines Schnäpschen bekommen.
Am Abend fand dann noch ein Umtrunk mit Tanz und lus-
tigen Einlagen der Gesellen statt. Nach der Feier übernachtete ich zum ersten Mal außer Haus.

In unsere alte Wohnung waren Bonows eingezogen; sie
stammten aus Hinterpommern. Wir hatten uns in unserm
neuen Heim schnell eingelebt. Doch eines Tages kam Mutti
ganz betrübt aus Ahlbeck nach Hause. Sie hatte von Traud-

chen erfahren, dass Gerhard fast drei Wochen eingesperrt gewesen war und sich danach täglich zweimal bei der Polizei melden musste. Jetzt sei er auf dem Weg nach drüben, da man ihm Wirtschaftsvergehen vorwerfe. Dabei hätte eine Durchsuchung seines Büros im Bauamt nichts Belastendes ergeben. Traudchen werde beobachtet und beabsichtige, sobald Gerhard sich gemeldet habe, ihm mit Reiner zu folgen. Mutti war in großer Sorge und atmete erst wieder auf, als nach drei oder vier Wochen ein Brief kam: „Wir sind alle wohlauf und in Braunschweig untergekommen ..."

Nach dem Krieg fand am ersten Mai in Korswandt öfter ein kleiner Umzug statt, an dem vor allem Handwerker teilnahmen. Die Älteren, mancher von ihnen früher Sozialdemokrat oder Kommunist, hatten den Ersten Mai noch als Kampftag der Arbeiterbewegung erlebt. Jetzt, in der DDR, hieß er Internationaler Kampf-und Feiertag der Werktätigen. Aber in Korswandt wurde mehr gefeiert als gekämpft. So war der Maiumzug oft eine lustige Dorfwanderung mehr oder minder angeheiterter Männer.

Berlin 27. bis 30. Mai 1950

Im Mai 1950 hatte sich unter uns Jüngeren herumgesprochen, dass zu Pfingsten in Berlin ein Deutschlandtreffen der
Jugend stattfinden sollte. Könnten wir da auch dabei sein?
Die Frage beantwortete uns die Korswandter FDJ-Vorsit-
zende Traudchen Tesch. Sie verteilte Aufnahmeanträge, wir
traten in die Freie Deutsche Jugend ein, kamen irgendwie
zu einem Blauhemd und ab ging's nach Berlin.

Wer aus Korswandt oder Ulrichshorst mit dabei war, habe ich vergessen. Auch von der Fahrt weiß ich nur noch,
dass wir in Güterwagen fuhren. Ein ewig langer Zug, Waggon an Waggon und jeder voller Blauhemden.

Wir wurden in Zehnergruppen eingeteilt, übernachteten in
Pankow auf einem Dachboden und haben viel gesungen,
vor allem die neuen Jugendlieder:

> Auf den Straßen, auf den Bahnen
> seht ihr Deutschlands Jugend zieh'n.
> Hoch im Blauen wehen Fahnen:
> Blaue Fahnen nach Berlin!
> Links und links und Schritt gehalten,
> lasst uns in der Reihe gehn!
> Unsre Fahnen sich entfalten,
> um im Sturm voranzuwehn.

Was wir sonst noch gemacht haben, weiß ich nicht mehr,
bis auf eine Begebenheit: Wir gehen zu viert oder fünft an
einer belebten Ampelkreuzung über die Straße. Ich schlen-
dere hinter den anderen her. In meiner Hosentasche steckt

eine Tüte mit Streuselschnecken. Plötzlich laute Rufe. Meinen die uns? Dann drehen sich die Jungen vor mir um und drängen mich zurückzugehen. Mitten auf der Fahrbahn liegt eine Schnecke. Die Polizistin im Verkehrsturm hat sämtliche Ampeln auf Gelb geschaltet. Alles steht und muss warten, bis ich meine Schnecke geholt habe. Von so viel Achtsamkeit und Rücksichtnahme bin ich tief beeindruckt.

Wir waren zwar mit Leib und Seele Handballer, spielten aber auch gerne mal Volleyball und Tischtennis oder übten uns in leichtathletischen Disziplinen. Bei Sportfesten belegten wir oft vordere Plätze. Horst Rossow war gut im Diskus- und Speerwurf, ich im Ausdauerlauf, wenn auch nicht so gut wie mein Vater. Papa ließ mit seinen neununddreißig Jahren die Jüngeren immer noch hinter sich.

Nach guten Leistungen bei der Kreismeisterschaft nahm eine kleine Delegation der SG Korswandt an der Waldlauf-Landesmeisterschaft teil. Also auf nach Teterow. Soweit ich mich entsinne, starteten bei den Männern Otto Blunk, Günter Korinth und Erwin Schmeling, bei der Jugend ich. Gelaufen wurde auf der Grasrennbahn des berühmten Teterower Bergrings. Die Strecke der Männer betrug siebentausendfünfhundert Meter. Erwin und vielleicht auch Günter bekamen zwischendurch Seitenstechen, konnten aber weiterlaufen. Wo sie am Ende landeten, kann ich nicht sagen. Papa belegte den vierten Platz. Schneller als er liefen nur drei junge Männer von der Polizeischule Eggesin, wenn ich nicht irre, barfuß, was sich aber als zweckmäßig erwiesen hat. Ich war über tausendfünfhundert Meter auch Vierter geworden – allerdings Vierter von hinten.

Die Berufsschule bereitete mir nach wie vor Vergnügen. Ich zehrte immer noch von den Müllerschen Studien und bekam überwiegend gute Noten. In der großen Pause konnten wir uns für dreißig Pfennig ein dickes Jagdwurstbrötchen kaufen; darauf freute ich mich morgens schon. Wenn ich dann nach der Schule noch Püppi traf, was öfter der Fall war, hatte ich sofort gute Laune. Als ich schon gar nicht mehr daran glaubte, mit Püppi jemals irgendwo tanzen zu können, fragte sie mich eines Tages ganz unvermittelt: „Ist Sonntag kein Tanz im Idyll?" – „Tanz? Doch, warum?" – „Weil du mich gar nicht fragst, ob ich komme." – „Püppi! Sag bloß, du kommst ins Idyll?" – „Ja, aber mit meiner Mutter; alleine lässt sie mich nicht." Ich war, wie damals am See, gleich wieder im siebenten Himmel und radelte in bester Stimmung nach Hause.

Der Sonntagsnachmittagstanz im Idyll war immer gut besucht, vor allem von der Jugend. Ich saß mit den anderen Korswandter Jungen an einem Tisch und sah mich im Saal um, konnte Püppi aber nirgendwo entdecken. Als die Kapelle zu spielen begann, sprangen viele Jungen auf und suchten sich eine Tänzerin. Dabei gingen sie nicht bis an den Tisch der Auserwählten, sondern blieben auf der Tanzfläche stehen, suchten Blickkontakt und nickten kurz mit dem Kopf. Darauf erhob sich die Auserkorene, gesellte sich zu ihrem Tänzer und der Tanz begann. Während ich, schon leicht aufgeregt, weiter nach Püppi Ausschau hielt und dabei überlegte, ob ich vielleicht mit einer anderen tanzen sollte, sah ich sie in der hintersten Ecke sitzen. Jetzt war ich erst recht aufgeregt. Also los. Aber ich durfte mich gleich wieder setzen, denn nach jeder dritten Tanzrunde machte die Kapelle eine kleine Pause. Ich behielt den Geiger im Auge. Als er den Bogen ansetzte, flitzte ich übers Parkett, blieb vor der ersten Tischreihe stehen und nickte Püppi, die mich offensichtlich erwartet hatte, zu. Doch als sie sich erhob, zischte die junge Frau neben ihr: „Du bleibst sitzen!" Ach du meine Güte! Ihre Mutter! – Was nun? Aber Püppi ging nur kurz in die Knie. Dann gab sie sich einen Ruck, schritt entschlossen auf mich zu und ich tanzte mir ihr in den Himmel hinein, in den siebenten Himmel der Liebe …

Nachdem die Arbeit in Katschow beendet war, ging es für mich in Ahlbeck weiter. Im Kiefernwald hinter den Dünen an der Grenze zu Polen sollte für den Schiffsverkehr nach Swinemünde ein Seezeichen errichtet werden. Dafür war ein größeres Betonfundament herzustellen, was Maurerpolier Paul Brandt oblag. Ihm zur Seite standen zwei, drei Gesellen und ein halbes Dutzend Lehrjungen, darunter auch ich.

Da war zunächst auf der gerodeten Waldfläche die Grube für das Fundament auszuheben. Dann musste der Beton gemischt und in die Grube eingebracht werden. Das dauerte eine Weile. Nebenher ließ Polier Brandt von uns Lehrjungen immer ein paar Kiefern umlegen und auf Transportlänge schneiden. Als das Fundament fast fertig war, zogen wir nur noch an der Schrotsäge und schnitten Brennholz für unseren Polier und einige seiner Vorgesetzten von der Bau-Union. Aber dann kam plötzlich ein Förster angerauscht, baute sich vor Paul Brandt auf und brüllte: „Wer hat Ihnen erlaubt, hier Holz einzuschlagen?" Brandt sah etwas hilflos von einem zum andern, blieb bei mir hängen und antwortete: „Na das war doch der – Blunk." – „Blunk? Wir sprechen uns noch!" Dann rauschte er weiter mit seinen Männern. Der Försterauftritt beendete schlagartig die Holzaktion.

Bald danach war auch das Seezeichenfundament fertig und die Brandt-Truppe zog weiter zur nächsten Baustelle. Wir Lehrlinge nahmen aber zunächst unseren Jahresurlaub, denn der Urlaub sollte möglichst zusammenhängend während der Berufsschulferien genommen werden.

Der Sommer zeigte sich von seiner besten Seite: Tag für Tag Sonnenschein, von früh bis spät. Ein Strandwetter, wie es im Buche steht. Doch nicht nur die Badegäste, auch die Bauern waren mit Petrus zufrieden. Opa hatte mit Mutti und Oma ruckzuck das erste Heu eingefahren, und jetzt, bei der Roggenernte, lief es auch wieder wie am Schnürchen. Natürlich war das eine Schinderei bei der Bullenhitze, denn die Menschen auf dem Feld mussten sich mit entsprechender Kleidung gegen Sonnenbrand schützen und konnten nicht wie die Badegäste mal schnell ins Wasser springen, um sich abzukühlen. Ob ich während der Maurerlehre meinen Großeltern bei der Ernte geholfen habe, weiß ich nicht mehr, vermutlich war ich aber mehr Badegast als Erntehelfer.

Am Wolgastsee war jetzt Hochbetrieb. Genau wie wir vor ein paar Jahren tummelten sich die Kinder an der Badestelle, mal im Wasser, mal an Land – nur die Wrausenschlacht war wohl in Vergessenheit geraten. Aber schwimmen lernten die Kleinen immer noch beim Rumtoben im See. Die Mutigsten sprangen von der zwei Meter hohen Brücke ins tiefe Wasser und kraulten dann ohne aufzutauchen zurück ans Ufer, bis sie wieder Grund unter den Füßen hatten.

Auch wir Jünglinge waren öfter am See: Horst Seidenkranz, Neudörfler Günter Stegemann, meine Großcousins Jochen Mundt und Horst Rossow, Gerhard Kroll, Günter Parlow, ich und manch andrer noch. Gerhard Kroll war aus Ahlbeck, Günter Parlow aus Prätenow zugezogen; sein verwitweter Vater Albert hatte nach dem Krieg Muttis Freundin Lieschen Winkler geheiratet, deren Mann gefallen war.

Meistens lagen wir stundenlang träge in der Sonne und hielten nach Mädchen Ausschau. Die Dorfgrazien – ob nun aus Korswandt oder aus Ulrichshorst – waren für uns die reinste Augenweide. Da wurde dem einen oder andern die Badehose schon mal etwas zu eng. Ab und an badeten wir auch, am liebsten zusammen mit den Mädchen.

Wenn wir so in der Sonne lagen, döste ich manchmal vor mich hin und mir kamen Kindheitsbilder in den Sinn. Manches Spielzeug hatten wir uns damals selbst gebaut: Steinschleuder und Flitzbogen, Weidenpfeife oder Ballerbüchse. Das wichtigste Werkzeug für solche Unternehmungen war ein gutes Taschenmesser. Ich hatte während meiner Kindheit immer eins in der Hosentasche. Flitzbogen und Steinschleudern waren nichts Besonderes, doch beim Zuschneiden der Weidenflöte musste man schon ziemlich geschickt sein.

Zunächst wurde, sobald der Saft in die Äste gestiegen war, ein daumendicker Weidenzweig abgeschnitten. Dann suchte man sich das längste Stück zwischen zwei Astansätzen aus und schnitt an einem Ende unten das Mundstück schräg an. Danach wurde oben das Schallloch eingekerbt. Am andern Ende entfernte man einen schmalen Streifen der Rinde. Jetzt kam das Schwierigste: Die Rindenhülle musste durch vorsichtige Drehversuche vom Holz gelöst werden. Dafür war ein gewisses Fingerspitzengefühl erforderlich. Griff man zu fest zu, zerriss die Rinde und die ganze Arbeit war umsonst. Ließ sich die Rindenschale partout nicht lösen, gab es noch einen Trick: Mit dem Griff des Taschenmessers klopfte man eine Weile rundum behutsam auf die Rinde. Danach ließ sich das Pfeifenrohr meisten leicht vom Holz abziehen. Das Rindenklopfen war ein kleines Ritual, denn dabei sang man folgende Verse:

Wila, wila Wappenschohl,
(Wila, wila Wappenschale,)
lot de Fleut man glatt afjohn.
(lass die Flöte man glatt abgehn.)
Mi ein, di ein,
(mir eine, dir eine,)
annern Lüd ehr Kinner uk ein.
(andrer Leute Kinder auch eine.)

Oder, wenn man die anderen Kinder nicht leiden konnte:

annern Lüd ehr Kinner jor kein.
(andrer Leute Kinder gar keine.)

Jetzt wurde noch das Mundstück zugeschnitten, oben etwas abgeflacht und bis zum Schallloch in die Rindenhülle geschoben. Am anderen Ende steckte man das Reststück ins Pfeifenrohr und fertig war die Flöte.

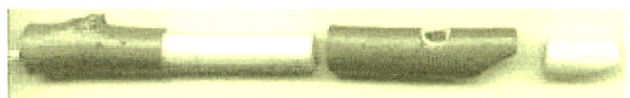

Einzelteile der Weidenpfeife

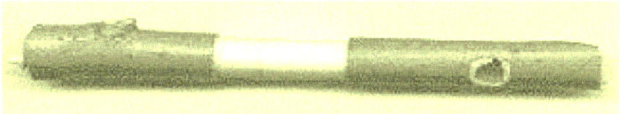

Die fertige Flöte

Kam es beim Anfertigen der Weidenpfeife auf Geschicklichkeit an, waren beim Bau der Ballerbüchse Kraft und Ausdauer gefragt. Das etwa dreißig Zentimeter lange Büchsenrohr schnitt man zwischen zwei Astaugen von einem gerade gewachsenen, zirka spatenstieldicken Holunderast ab. Dann wurde mit einem passenden Stab aus dem Rohrstück das weiche Mark herausgedrückt und das Büchsenrohr war fertig. Nun war noch, am besten aus Eichenholz, der Büchsenstab anzufertigen, der bis an den Griff in den Markkanal passen musste und (ohne Griff gemessen) anderthalb Zentimeter kürzer war als das Büchsenrohr.

Die Büchse war nun bereit, aber wie ballerte sie? Man drückte an beiden Büchsenenden einen geeigneten Pfropfen ins Rohr, schob einen Pfropfen mit dem Stab ein Stück nach vorne, hielt den Stangengriff an den Bauch und zog mit einem Ruck das Büchsenrohr an den Griff heran. Wenn alles stimmte, flog darauf mit einem lauten Knall der Vorderpfropfen aus der Ballerbüchse, während sich der Hinterpfropfen jetzt an seinem Platz befand; es musste also nur hinten wieder nachgeladen werden.

Als Munition eigneten sich am besten Eicheln. So tobten denn auch zur Eichelzeit die wildesten Schlachten mit der Ballerbüchse: Hosentaschen vollgestopft, Eichel durchgebissen, eine Hälfte vorne, die andre hinten rein, Büchsenstock angesetzt, Gegner angegriffen – Feuer! Deckung gesucht, nachgeladen und wieder – Feuer! Natürlich wurde jeder Treffer lautstark bejubelt: Siiieg! Siiieg!

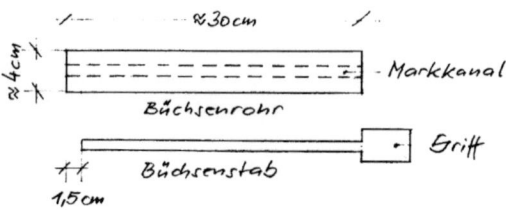

Die Ballerbüchse

Mein Urlaub war zu Ende. Jetzt hieß es wieder in aller Frühe raus aus den Federn. Nicht weit vom Ahlbecker Bahnhof, an der Swinemünder Chaussee, befand sich mein neuer Arbeitsort. Maurer- und Zimmererlehrlinge der Bau-Union Heringsdorf sollten dort ein Gebäude mit Werkstätten für die Ausbildung von Schlossern und Tischlern errichten. Unser Polier war wieder Paul Brandt, dem ein älterer Lehrausbilder zur Seite stand, der wohl Pinske hieß.

Die Gründung des Gebäudes war schwierig, in den Fundamentgräben stand Grundwasser. Einen Wasseranschluss auf der Baustelle gab es jedoch nicht. Also holten wir das Bauwasser in einem großen zweirädrigen Behälterwagen vom Bahnhof. Bei den Wasserfahrten wurde mancher Schabernack getrieben. Dabei taten sich besonders einige Lehrlinge aus Benz hervor, die beim Wagenschieben mal links mal rechts anruckten, sodass den beiden Jungen, die vorne an der Deichsel gingen, diese abwechselnd gegen die Beine schlug.

Manchmal gerieten wir bei der Arbeit auch in Streit. Mit dem Mauern kamen wir aber trotzdem gut voran. So wuchs unser Bau von Tag zu Tag.

Lehrlinge beim Aufmauern des Werkstattgebäudes

Später, als der Rohbau fertiggestellt war, brachte uns Herr Pinske bei, wie man an Holzstabmatten einen Deckenputz aus Gipsmörtel anbringt. Die Zimmerleute hatten Sparschalung an die Untergurte der Brettbinder genagelt und daran die Matten befestigt. Dann waren wir mit dem Deckenputz dran.

Auf einem Flächengerüst standen die Mörtelkästen, in denen wir den Kalkmörtel anrührten, dem für den Grundputz Gips beigemischt wurde. Dabei durfte man den Gips aber nicht „totmischen" und so ein schnelles Abbinden des Putzes verhindern. Der Mörtel wurde dann mit der Putzerkelle an die Decke geworfen, was uns anfangs nur unvollkommen gelang. Außerdem federten hier und da die Holzstabmatten, sodass mancher Kellenwurf am Ende auf dem Gerüstboden landete. Danach wurde der Grundputz mit der Kartätsche glattgezogen. Sowohl beim Anwerfen als auch beim Glattziehen war Eile nötig, denn der Gipskalkmörtel wurde schnell hart. Auf der Unterschicht war dann noch der Oberputz aufzutragen, der zum Schluss mit dem Reibebrett glatt verrieben wurde.

Maurerlehrlinge der Bau-Union Heringsdorf, auf der Baustelle Lehrwerkstatt Ahlbeck. Hintere Reihe ganz rechts: Polier Paul Brandt, vordere Reihe rechts: Gerhard Krumtung, genannt Klüssi, vordere Reihe Zweiter von links: Manfred Blunk. Alle anderen Namen habe ich vergessen.

Schließlich waren alle Decken verputzt und wir hatten endlich den Bogen raus. Doch ich musste zum Arzt. Bei der Putzerei hatte ich mir die Hand aufgerieben und eine Blutvergiftung zugezogen. Mein Missgeschick war aber nach einer Behandlung bei Dr. Güthenke schnell behoben.

Eines Tages bestellte Paul Brandt mich in seine Polierbude. Mir war etwas mulmig zumute. Meistens hatten wir irgendetwas ausgefressen. Nichts Schlimmes, aber es reichte gewöhnlich, um unseren Polier zu veranlassen, ein paar saftige Flüche aus seinem schier unerschöpflichen Repertoire solcherart Redewendungen vom Stapel zu lassen. Doch der Polier empfing mich freundlich, fragte mich nach meinen Zensuren in der Berufsschule und trug mir auf, den Schriftkram zu erledigen, der ihm vielleicht lästig war.

Während sich unsere Arbeit am Werkstattgebäude dem Ende zuneigte, betraute mich Polier Brandt öfter damit, seine Schreibarbeiten zu erledigen. Mir war es recht, vor allem dann, wenn wir Arbeiten zu verrichten hatten, die ich nicht mochte.

Das Werkstattgebäude

Der goldne Glanz des Herbstes war verblichen, die letzten Blumen lange schon verblüht. Heftige Stürme hatten das bunte Laub von den Bäumen gefegt. Die Luft war nass und schwer von kaltem Nebel und vielleicht dachte Frau Holle schon daran, die Betten aufzuschütteln.

Manch einer litt unter dem grauen Spätherbst. Aber das Tagewerk wollte jeden Tag vollbracht sein, ob es nun regnete, schneite, oder ob die Sonne schien. Jetzt wurde vor allem Brennholz aus dem Wald geholt. Opa zog, wie jedes Jahr, wieder Tag für Tag an der Bügelsäge und war dabei, die erste Holzmiete anzulegen.

Papa hatte gleich nach unserem Umzug damit begonnen, die Wohnung im Dachgeschoss auszubauen. Was zu mauern und zu putzen war, erledigte, nachdem Papas Schwager Erich Tettenborn den Hofgiebel verputzt hatte, wieder Arthur Splittgerber, die Zimmererarbeiten Papa selbst. Beim Annageln der Deckenschalung halfen ihm Erhard Peters und Werner Krüger.

Seitdem Lehrer Bischoff die Kinder in Korswandt unterrichtete und in der Handballmannschaft mitspielte, fand im Klassenraum, in dem er eine Tischtennisplatte aufgestellt hatte, nicht mehr nur Schule statt. Abends trafen sich dort vor allem Handballer, um Tischtennis zu spielen, oder auch bloß zu einem Schwätzchen. Wenn ich mich recht entsinne, übte dort auch eine Zeit lang ein Mädchenchor, den Hertha Rätz leitete. Frau Rätz hat auch ein Theaterstück mit uns einstudiert, irgendeinen Schwank, glaube ich.

Die Aufführung fand auf einer provisorischen Bühne im Idyll statt. Mir bereiteten die Proben doppeltes Vergnügen, da auch die Hübsche mitspielte, auf die ich schon länger ein Auge geworfen hatte. Sie war wohl das Dienstmädchen und ich der Hausdiener. Von der Handlung weiß ich gar nichts mehr, nur an einen ulkigen Dialog kann ich mich erinnern: „Was sind Sie von Beruf?" – „Ich bin Künstler." – Und was machen Sie da so?" – „Ich mache Regenschirme." – „Aber das ist doch keine Kunst!" – „Na, dann machen Sie mal einen!" Wer sonst noch dabei war, ist mir entfallen. Doch die urkomischen Auftritte Hermann Krügers sind mir in Erinnerung geblieben. Er, Hermann Krüger, um einiges älter als mein Vater, agierte auf der Bühne wie ein junger Gott und wer ihm zusah, mochte meinen, er hätte in seinem ganzen Leben nichts anderes getan als Theater gespielt.

In meiner Jugendzeit konnte man im Idyll fast an jedem Wochenende und auch an den meisten Feiertagen das Tanzbein schwingen. Die Gastwirtschaft betrieben nach dem Krieg zunächst Mutter Schäfer und ihr zweiter Ehemann Oskar Kroll, später Schäfers Tochter Ilse und ihr Gatte Siegfried Brommecker.

Wann im Idyll was los war, verkündete Gastwirt Kroll auf selbstgemalten Plakaten, die in Korswandt und den umliegenden Orten aushingen. Meistens stand er dann auch mit seiner Violine auf dem Podium und spielte zum Tanz auf. Dazu gesellten sich am Klavier gewöhnlich der alte Gebauer aus Ahlbeck und am Schlagzeug ein junger Mann aus Kamminke. Doch ab und an sorgte Kapelle Krienke für die Tanzmusik im Idyll. Geiger Krienke kam auch aus dem berühmten Aalfischerdorf Kamminke.

Bei den Veranstaltungen halfen in der Küche, am Tresen oder als Bedienung immer ein paar Leute aus. Lotti Ziepel war meistens dabei und mein Großcousin Wolfgang Mundt hat viele Jahre lang das Eintrittsgeld kassiert. Doch öfter, besonders zu Himmelfahrt, war die Theke von angeheiterten Männern dicht umlagert, weil die Kellner kaum noch durch den proppenvollen Saal kamen.

Aber auch bei Normalbetrieb nahm manch einer an der Theke erst mal einen zur Brust, bevor er in den Saal ging. Die Leute kamen nicht nur aus der Kurhost, wie Korswandt und Ulrichshorst in den umliegenden Ortschaften auf Plattdeutsch genannt wurden, sondern auch aus Ahlbeck, Zirchow, Kamminke und vielleicht noch aus anderen Orten der Insel. Das Idyll am Wolgastsee war zu meiner Zeit ein sehr beliebtes Tanzlokal.

Eine weitere Baustelle, auf der ich mauern gelernt habe, war der Neubau eines Unterrichtsgebäudes für die Heringsdorfer Oberschule. Das Gebäude wurde auf der bewaldeten Anhöhe links neben der Straße nach Neuhof errichtet. Der Maurerpolier dort stammte aus dem Sudetenland; sein Name ist mir leider entfallen. Wir Lehrlinge waren hier nicht mehr unter uns, sondern arbeiteten zusammen mit den alten Hasen.

Der Polier muss ein gutes Auge gehabt haben. Ich stand auf dem Gerüst und mauerte einen Fensterpfeiler. Er ging unten vorbei, blieb kurz stehen, sah zu meinem Pfeiler hinauf und rief mir zu: „Dein Pfeiler ist schief!" Ich hielt die Wasserwaage an den Pfeiler und sagte: „Nach der Waage stimmt er aber." Darauf kam er zu mir aufs Gerüst, legte meine Wasserwaage an und warf sie dann im weiten Bogen weg. Der schiefe Pfeiler ist alles, was mir von der Schulbaustelle in Erinnerung geblieben ist. Auch von weiteren Baustellen habe ich nur noch Erinnerungssplitter im Kopf.

43

Schließlich ging die Lehrzeit zu Ende und Anfang Juli 1951 kam die Stunde der Wahrheit – die Gesellenprüfung. In der Berufsschule war zwar nach wie vor alles im Lot und ich wurde im Berufswettbewerb „Bester Maurerlehrling der Klasse 10/11 in der Berufsschule Seeb. Ahlbeck", doch das Gesellenstück wollte auch erst mal vollbracht sein. Wenn ich nicht irre, musste ich eine Wandecke mit einem Pfeiler oder einem Schornstein mauern, jedenfalls keine einfache Ecke. Wie viele Schichten zu mauern waren, oder ob eine Zeit vorgegeben war, kann ich nicht mehr sagen. Jedenfalls hielt ich am Ende mein Werk für ganz ordentlich gelungen. Aber würden das die Männer vom Prüfungsausschuss auch so sehen?

IM 3. BERUFSWETTBEWERB DER DEUTSCHEN JUGEND WURDE
VON DEN TEILNEHMERN AUS VOLKSEIGENEN BETRIEBEN
OHNE LEHRWERKSTATT
UND AUS PRIVAT- UND HANDWERKSBETRIEBEN

Manfred Blunk

BESTER *maurer* -LEHRLING DER KLASSE *10/11*

IN DER BERUFSSCHULE

Seeb. Ahlbeck

»Der Frieden wird erhalten und gefestigt werden,
wenn die Völker die Sache der Erhaltung des Friedens in ihre Hände nehmen
und den Frieden bis zum äußersten verteidigen.«
Die Worte unseres großen Freundes Josef Wissarionowitsch Stalin
verpflichten auch Dich, Dein politisches und fachliches Wissen zu erweitern,
um ein aktiver Kämpfer für den Frieden und ein Meister Deines Faches
zu werden. Wir wünschen Dir viel Erfolg auf diesem Weg
zu noch besseren Leistungen

FREIE DEUTSCHE JUGEND   FREIER DEUTSCHER GEWERKSCHAFTSBUND
ZENTRALRAT   BUNDESVORSTAND

VORSITZENDER   VORSITZENDER

DEUTSCHE DEMOKRATISCHE REPUBLIK
STAATSSEKRETARIAT FÜR BERUFSAUSBILDUNG

STAATSSEKRETÄR

Als dann nach bangen und harren und hoffen der Vorsitzende des Prüfungsausschusses, Polier Paul Brandt, uns endlich die Prüfungszeugnisse überreichte, war die Freude riesengroß. Ob jemand durchgefallen war, weiß ich nicht mehr, ich hatte die Prüfung jedenfalls bestanden – und sogar mit „Auszeichnung". Zu Hause herrschte darüber natürlich auch eitel Freude; am meisten freute sich Mutti.

ERGEBNIS DER AUSBILDUNG

1. Teilergebnisse der Prüfung   Leistung in Prozent

a) Fertigkeitsprüfung   *93%*

b) Fachtheoretische Prüfung   *93%*

c) Gesellschaftswissenschaftliche Prüfung   *94%*

2. Beurteilung durch die Berufsschule

Die Leistungen waren sehr gut

3. Beurteilung durch den Ausbildungsbetrieb

Anschrift des Ausbildungsbetriebes

Kreis Wolgast, Seeb. Heringsdorf

Prüfungsausschuß

Brandt

Vorsitzender

Ich hatte erfahren, dass man an der Arbeiter-und-Bauern-
Fakultät das Abitur ablegen könne und mich Anfang 1951
an der ABF Greifswald um einen Studienplatz beworben.
Nach bestandener Aufnahmeprüfung wurde mir mitgeteilt,
dass ich angenommen sei und mich zum Studienbeginn im
Verwaltungsgebäude Franz-Mehring-Straße einfinden solle.

Bis Ende August wollte ich aber bei der Bau-Union, die inzwischen Kreisbauhof Heringsdorf hieß, noch etwas Geld verdienen.

In Heringsdorf wurde ein Hotel zum Ferienheim für die Seepolizei umgebaut. Bei der Gelegenheit bekam das Haus auch eine neue Elektro-Anlage. Die neuen Leitungen wurden unter Putz verlegt und ich stemmte dafür nach Angabe des Eklektikers die Schlitze und die Dosenlöcher. Damit kam ich ganz gut zurecht. Mein Polier schaute nur ab und an mal vorbei.

Anfang August habe ich Hammer und Meißel aber für ein paar Tage aus der Hand gelegt. In Berlin fanden vom 5. bis zum 19. August die III. Weltfestspiele der Jugend und Studenten statt. Da durfte ich nicht fehlen.

Wir fuhren wieder, wie schon zum Deutschlandtreffen ein Jahr zuvor, in Güterwagen. Wo wir diesmal untergebracht waren, weiß ich nicht mehr. Natürlich wurde wieder viel gesungen:

Lasst heiße Tage im Sommer sein!
Im August, im August blühn die Rosen.
Und die Jugend der Welt kehrt zu Gast bei uns ein,
und der Frieden wird gut und uns näher sein,
im August, im August blühn die Rosen.
Und es singt die Ukraine ihr blühendes Lied,
und Jungafrika lacht in der Sonne.
Das siegreiche China ins Stadion zieht
Und die Warschauer Maurerkolonne.
Klatscht beim Spaniertanz Kim aus Korea,
grüßt die Kitti aus Mexiko ihn,
reichen Hände sich Jimmi und Thea
im August, im August in Berlin.

Hauptveranstaltungsort der Spiele war das Walter-Ulbricht-Stadion an der Chausseestraße in Berlin-Mitte. Vermutlich waren wir dort zur Eröffnungsveranstaltung,, bestimmt aber später, als Emil Zátopek auf der Aschenbahn, weit vor allen anderen Läufern, einsam seine Runden drehte.

Eröffnung der III Weltfestspiele am 5. August 1951 im Berliner Walter-Ulbricht-Stadion

Einige von uns, darunter auch ich, waren zweimal in Berlin, am Anfang und am Ende der Spiele. Einmal war Helmut Klein mit von der Partie. Der sollte sechzehnjährig zusammen mit anderen Jünglingen im letzten Kriegswinter Adolfs Endsieg ausfechten – dabei sind ihm die Zehen abgefroren. Irgendwie ist er dann nach Korswandt geraten, hat dort Arbeit gefunden und ist dageblieben.

Wir bummelten irgendwo durch die Stadt und landeten auf einem kleinen Rummel. Dort sahen wir zu, wie einige Burschen sich an einem Kraftmesser versuchten. Der Kräftigste schaffte es, die Messstange bis zum Anschlag hochzuziehen. Doch sofort sauste die Stange wie von Geisterhand getrieben wieder nach unten und der Junge verzog schmerzhaft das Gesicht. Jemand von uns sagte: „Helmut, geh du mal ran, ich bezahl das." Helmut, ein Kerl wie ein Baum, trat vor das Gerät, suchte einen sicheren Stand, umschloss wie ein Gewichtheber mit seinen Pranken die stählerne Griffstange und zog die Messstange mühelos in die Höhe. Ein Signal ertönte und ein paar Lichter blinkten. Helmut zitterte und wackelte einen Moment, ließ die Stange aber nicht los. Dann gingen die Lichter aus und von unten stieg Qualm auf. Jetzt kam eine Frau angerannt, die fortwährend schrie: „Loslassen! Loslassen!" Da haben wir uns schleunigst aus dem Staub gemacht.

Drüben, in Westberlin, waren wir auch. Ich habe mir dort ein Cowboyhemd, Ringelsöckchen und Kreppschuhe gekauft. Kurz nach dem Westausflug wurde unsere Zehnergruppe zusammengerufen und der Gruppenleiter teilte uns mit, dass ein höherer Funktionär der FDJ-Kreisleitung sich nach Westberlin abgesetzt hätte. Wahrscheinlich werde er versuchen, Jugendfreunde nach drüben zu locken, das sei aber mit allen Mitteln zu verhindern. Wenn es nicht anders ginge, sollten wir ihn vor die Bahn stoßen. Doch uns hat keiner gelockt. Wir sind alle wieder wohlbehalten zu Hause angekommen.

Nach den erlebnisreichen Tagen in Berlin stemmte ich wieder Schlitze in die Wände des künftigen Ferienheims der Seepolizei. Das dauerte noch eine gute Woche. Dann kam mein Polier, klopfte mir auf die Schulter und sagte: „Hast ganz schön reingehauen." Ich wurde aber nach der Leistung des Elektrikers abgerechnet und Elektriker Heinz Busacker wird wohl ein glückliches Händchen gehabt haben beim Aufschreiben.

Inzwischen hatte mich auch mein Ausbildungsbetrieb, der Kreisbauhof Heringsdorf, zum Studium an die ABF Greifswald delegiert. Nun ging es ans Koffer packen. Mutti half mir dabei. Es war immer ihr Wunsch gewesen, dass ihr Sohn die hohe Schule besuchen sollte und jetzt wurde dieser Wunsch Wirklichkeit. Wie mag sie sich gefreut haben. So machte ich mich denn auf den Weg, keinesfalls sicher, ob ich das gesteckte Ziel erreichen würde.

Die drei Kilometer nach Ahlbeck legte ich auf Schusters Rappen zurück, dann ging's mit der Inselbahn bis Wolgast Fähre, zu Fuß über die Peenebrücke, von Wolgast Hafen wieder mit der Bahn nach Züssow und von dort mit dem D-Zug bis Greifswald. Das dauerte schon ein Weilchen. Die ABF am östlichen Ende der Franz-Mehring-Straße erreichte ich schließlich nach einem Fußmarsch von ungefähr zwei Kilometern.

An das Verwaltungsgebäude und die Anmeldeformalitäten kann ich mich nicht mehr erinnern. Ich weiß nur noch, dass ich in die Arbeitsgruppe A9 kam und mit drei anderen Studenten ein Zimmer im Dachgeschoss des Unterrichtsgebäudes bezog. Dort hatte jeder einen Schreibtisch, einen Stuhl, ein Bücherregal, etwas Schrankraum und ein Bett. Dann gab es noch Waschräume und Toiletten. In den anderen drei Geschossen lagen die Unterrichtsräume.

Die ABF war in alte Wehrmachtsbauten eingezogen. Das frühere Luftwaffenlazarett neben dem Volksstadion wurde als Wohnanlage eingerichtet. In den Häusern dort waren die meisten Studentinnen und Studenten untergebracht. Von der Wohnanlage zum Unterrichtsgebäude musste man etwa anderthalb Kilometer über die Pappelallee zu Fuß gehen..

Das Unterrichtsgebäude 2010, schon etwas in die Jahre gekommen. Eigentlich sollte es, wie andere Militärbauten, gesprengt werden. Vermutlich befand sich nebenan im Verwaltungsgebäude 1951 die Mensa, in der wir beköstigt wurden. Wir bekamen im Monat hundertachtzig Mark Stipendium. Davon gaben wir für Unterkunft und Vollverpflegung zwanzig Mark ab. Natürlich waren wir auch sozialversichert.

Meine Zimmergenossen 1951, von vorne: McBeskow (mit Brille), Ankerwickler, wohl aus Neubrandenburg; Fußballer Jochen Voß, vermutlich aus Sternberg und Willi Wedler, genannt Box, weil er geboxt hat. Willi war Modellbauer und kam aus der Gegend um Schwerin.

Mein Schreibtisch zwischen Bett und Bücherregal

Nicht lange nach meiner Ankunft in Greifswald stellte ich erfreut fest, dass es noch einen Korswandter an der ABF gab: Hansi Lettke. Er wohnte wie ich im Dachgeschoss des Unterrichtsgebäudes, war aber nicht in der A9, sondern in der A8. Wenn ich mich recht entsinne, waren meine Zimmerkollegen Willi Wedler und Jochen Voß auch in der A8; McBeskow gehörte wohl wie ich zur A9.

Auf unserem Stundenplan standen im ersten Jahr die Fächer Deutsch, Gesellschaftswissenschaft, Geschichte, Russisch Mathematik, Physik, Chemie, Biologie Geographie und Körperliche Erziehung. Der Unterricht erfolgte in der an Schulen üblichen Art mit fast täglichen Leistungskontrollen, häufigen Hausaufgaben und etlichen Prüfungen.

Die A9 im Stadion. Hintere Reihe von links: Schreier, ?, Jürgen Buß, Metelmann, ?, ?, Ludwig, Eduard Krüger, Podleck, ?; mittlere Reihe von links: Adolf Gröhe, Joachim (Öhmchen) Wallner, unsere Mathe-Dozentin Frau ?, ?, ? Walter Nietsche, Berthold Schwarzbach; vordere Reihe, von links: Maibuhr, ?, Manfred (Minka) Blunk (mit Aktentasche), Franz (?) Deutsch und Walter Lösel.

Die A8 vor dem Eingang des Verwaltungsgebäudes (dazwischen ein Lieferwagen), im Hintergrund das Unterrichtsgebäude. Hintere Reihe von links: Hubert Nassel, ?, ?, Willi (Box) Wedler, ?, ?, Hans Hermann, (Bonte), ?, ?, ?, ?, Fred Hilsenstein, Uli Hübner, Hans-Joachim (Hansi) Lettke; vordere Reihe von links: ?, Jochen Voß, Heinz Mitschard und Erich Menge.

Wir waren schnell ins Gespräch gekommen untereinander. Fast alle hatten an den Weltfestspielen in Berlin teilgenommen und jeder wusste was zu erzählen: von der großen Eröffnungsschau, von den Sportveranstaltungen, vom Marsch nach drüben – und es ward auch manche Romanze zum besten gegeben. Dann wurden Unterrichtsprobleme besprochen, was einer nicht verstanden hatte, erklärte ihm ein anderer und manch einer parodierte die Dozenten.

Als die meisten von uns sich schon halbwegs kennengelernt hatten, waren noch zwei Nachzügler in die A9 gekommen: der lange Ludwig und Walter Nietsche. Sie wohnten auch bei uns unterm Dach. Mit Walter hatte ich mich bald angefreundet. Er mochte wie ich heiße Musik. Wir meldeten uns beide im Chor an, dort wurden aber vor allem Jugend- und Volkslieder gesungen.

Nachdem wir schon drei Wochen Unterricht hinter uns hatten, erhielt ich eine Einladung nach Rostock. Dort erlebte ich zusammen mit vielen anderen jungen Leuten eine Feierstunde, in der ich quasi zum Diplom-Maurer gekürt wurde. Auch könnte ich, sagte man mir, sofort die ABF besuchen – aber das tat ich ja schon.

Deutsche Demokratische Republik

Staatssekretariat für Berufsausbildung

IN ANERKENNUNG DER HERVORRAGENDEN LEISTUNGEN,

DIE BEI BEENDIGUNG DER BERUFSSCHULPFLICHT

UND ALS ERGEBNIS DER BERUFSAUSBILDUNG

NACHGEWIESEN WURDEN, VERLEIHT DAS

STAATSSEKRETARIAT FÜR BERUFSAUSBILDUNG

Manfred Blunk

(NAME)

DIESES DIPLOM

BERLIN, DEN *17. Sept. 1951*

[SIEGEL]

i. V. *Mummit*

STAATSSEKRETÄR FÜR BERUFSAUSBILDUNG

Mein Maurer-Diplom

Außerdem bekam ich einige Bücher sowjetischer Schriftsteller, auch den wunderbaren Band „Ausgewählte Werke" von Maxim Gorki. Nach meinen Kinderbüchern, die ich sehr geliebt habe, war Gorki mein erstes großes Literaturerlebnis. Von seiner Sprache war ich fasziniert. Seine Erinnerungen „Meine Kindheit", „Meine Universitäten" sowie „Unter fremden Menschen" habe ich regelrecht verschlungen.

Einige von den Studenten der Greifswalder ABF kamen aus Sachsen. Dort waren die Arbeiter-und-Bauern-Studienplätze noch knapper als in Greifswald. Einmal hörte ich, wie einer der Sachsen lustige Lieder zur Klampfe sang. Davon war ich so begeistert, dass ich mir spontan eine Gitarre gekauft habe, dazu noch den „Gitarrenlehrer" für Anfänger und Fortgeschrittene von Walter Götze, und dann habe ich eifrig Griffe gebimst.

Wer nicht gar so weit weg wohnte wie die Sachsen, fuhr am Wochenende meistens nach Hause. Sobald der Unterricht samstags beendet war, sausten wir mit einem Affenzahn zum Bahnhof. Gewöhnlich war keine Zeit mehr, um eine Fahrkarte zu kaufen, weil der Zug schon einfuhr, wenn wir am Bahnhof ankamen. Vom Bahnsteigschaffner – damals war der Bahnsteig noch abgesperrt und konnte nur mit Fahrkarte oder Bahnsteigkarte betreten werden – erhielten wir dann ein rotes Scheinchen, das wir dem Zugschaffner zeigten und die Fahrkarte im Zug nachlösten. Manchmal kam aber bis Züssow kein Schaffner und wir hofften dann jedes Mal, uns vor dem Bezahlen drücken zu können. Doch das gelang uns nur selten.

Ich fuhr jedes Wochenende nach Hause, weil die Handballmannschaft der SG Korswandt bis in den Herbst hinein fast jeden Sonntag ein Spiel zu bestreiten hatte. Seit Längerem spielte ich in der Männermannschaft, die einen der vorderen Plätze in der Tabelle belegte.

Zu Hause hatte sich manches verändert. Mein Vater war vom Straßenwärter zum Verwaltungsleiter im Landambulatorium Usedom aufgestiegen. Oma und Opa hatten das Rentenalter erreicht, betrieben aber mit Muttis Hilfe immer noch ihre Landwirtschaft; doch meine Mutter kränkelte in letzter Zeit öfter. Marlene wurde immer schöner und das jungvermählte Ehepaar Günter Korinth und Evalotte Sachse wohnte seit Kurzem in unserer Dachgeschosswohnung.

Angestellte des Landambulatoriums Usedom. Hintere Reihe Zweiter von links: Otto Blunk.

Greifswald hatte bis auf ein paar gesprengte Kasernen den Krieg heil überstanden. Nach und nach erkundeten wir die Stadt. Manchmal rückte die ganze Fakultät geschlossen an, wenn Aufmärsche oder Kundgebungen stattfanden, meistens pilgerten wir aber in kleineren Gruppen durch den Ort. Ich war des öfteren mit Hansi Lettke auf Achse.

Wir hatten bald herausgefunden, wo man tanzen gehen konnte. Im DK und im Bunker 17 in der Straße der Freundschaft (heute Lange Straße und Schuhhagen), im Korso in der Mühlenstraße und im Theatercafé in der Anklamer Straße. Vom DK weiß ich kaum noch was und Bunker 17 war eine Kaschemme. Zum Korso musste man in den ersten Stock hinauf. Oben vor der Tür saß Krauskopf, der Wirt, und kassierte den Eintritt. Um zweiundzwanzig Uhr kontrollierte er an den Tischen die Ausweise. Ich flog dann gewöhnlich raus, weil ich noch nicht achtzehn war.

Eine Heimordnung hatten wir auch, die verlangte von uns, spätesten abends um zehn im Heim zu sein. Das war eigentlich kein Problem, aber wenn wir mal tanzen gingen, war das natürlich ein Witz. Wer nach zweiundzwanzig Uhr nach Hause kam, wurde aufgeschrieben. Heimleiter war ein langer, schlaksiger Latein-Dozent, von den Studenten Hannibal geheißen. Hannibal war gefürchtet. Er wachte mit Argusaugen über die Einhaltung der Heimordnung. Aber wir ließen uns was einfallen. Als Hansi und ich das nächste Mal ausgingen, machten wir im Erdgeschoss an der Rückseite des Unterrichtsgebäudes das Klofenster auf.

Das Klofenster, ganz rechts, Foto von 2010.

Bei der Heimkehr hatten wir keine Eile. Zunächst wurde das Terrain observiert. Vor Hannibal war man nie und nirgends sicher, aber die Luft war rein. Das Fenster war noch offen. Hansi stellte sich unter dem Fenster bäuchlings an die Wand und faltete hinten die Hände. Ich kletterte auf seinen Rücken, drückte das Fenster auf und war ruckzuck in der Toilette. Danach wollte ich ihn hochziehen, aber das klappte nicht. Unser Einfall mit dem Klofenster war wohl doch nicht so gut. Nach einigen weiteren gescheiterten Versuchen sah Hansi sich um und fand ein Brett. Das lehnte er an die Wand und stellte sich darauf. Jetzt gelang es mir endlich, ihn hochzuziehen, sodass auch er das rettende Klo erreichte. – Fazit: zu unsicher und zu anstrengend.

Die einzelnen Fächer hatten wir mit der Zeit kennengelernt und auch die Dozenten, die dazugehörten. Mit Mathe, Deutsch und Physik kam ich gut zurecht, mit Chemie, Bio und Geografie schon weniger und in Russisch, Geschichte und Gesellschaftswissenschaft kam ich gerade so um die Runden. Am besten gefiel mir die Körperliche Erziehung. Sport war das einzige Fach ohne Hausaufgaben und ich hatte dort nur Einsen und Zweien.

Handball konnte ich auch in Greifswald spielen. Manchmal wurden im Sportunterricht Mannschaften gebildet, die gegeneinander antraten. Da ließ ich die Nichthandballer natürlich reihenweise stehen. Das blieb nicht unbemerkt und bei einem Turnier der Universität wurde ich in die ABF-Auswahl berufen. Ich erinnere mich nur noch an einen Freiwurf im Spiel gegen die Theologische Fakultät. Einige der Gegenspieler bildeten eine Mauer. Ich trat zum Freiwurf an und wollte den Ball über die Mauer ziehen, doch der Wurf misslang mir und ich traf einen der Gottesmänner genau vor die Stirn. Der junge Mann fiel wie vom Schlag gerührt auf den Rücken – stand aber zum Glück gleich wieder auf und ich reichte ihm die Hand.

Das erste Semester ging zu Ende und wir fuhren in die Weihnachtsferien. Ich nahm meine Klampfe mit nach Hause. Zu einfachen Liedern konnte ich mich auf der Gitarre schon begleiten. Mit dem flüssigen Spielen haperte es zwar noch, doch ich kam gut voran. Zunächst lief das alles aber nur in C-Dur.

Ich weiß nicht mehr, ob Mutti und Marlene einen Weihnachtsbaum geschmückt hatten. Als wir noch in Opas Haus wohnten, stand zu Weihnachten immer ein Lichterbaum in unserem Wohnzimmer. Papa und Gerhard hatten eine passende Tanne oder Fichte aus dem Wald geholt und Mutti hängte dann mit uns Kindern all die bunten Kugeln und das Lametta an den Baum. Obendrauf kam die Spitze und an die dickeren Zweige wurden die Kerzen gesteckt. Am Ende haben wir dann hier und da noch Plätzchen an den Baum gehängt, die unsere Mutter gebacken hatte.

Weihnachten war schön, aber Freunde treffen war schöner. Wo traf ich meine Freunde? Natürlich bei einem Bier im Idyll. Ich brannte doch darauf, ihnen meine Klampfe vorzuführen. Na ja, ein großer Auftritt war das noch nicht, aber ein paar der gängigen Kneipenlieder konnte ich auf der Gitarre schon begleiten. Ich habe dann mit dem einen oder andern noch öfter ein Bier getrunken und wir waren wohl auch tanzen im Idyll, doch dann musste ich schon wieder mein Ränzlein schnüren.

Mir machte das lernen Spaß. Wenn ich auch hier und da zu kämpfen hatte, begann ich doch zuversichtlich das zweite Semester. Abends vor dem Einschlafen las ich „Wie der Stahl gehärtet wurde" von Nikolai Ostrowski, einem sowjetischen Schriftsteller. Doch wenn ich gerade den Anschluss gefunden hatte, fielen mir die Augen zu und ich schlief ein. Am nächsten Abend las ich wieder dieselbe Seite, auch am folgenden und so fort. Vier Wochen lang ging das so, bis ich es aufgab, vor dem Einschlafen zu lesen. Wie der Stahl gehärtet wurde, weiß ich heute noch nicht.

Aber dann entdeckten wir Heine, Hansi und ich. Junge, Junge, wir waren völlig aus dem Häuschen und hatten eine Zeit lang nichts anderes im Kopf als Heines Gedicht:

Buch der Lieder
Drittes Buch
Hebräische Melodien

Disputation

In der Aula zu Toledo
Klingen schmetternd die Fanfaren:
Zu dem geistlichen Turnei
Wallt das Volk in bunten Scharen.

Das ist nicht ein weltlich Stechen,
Keine Eisenwaffe blitzet –
Eine Lanze ist das Wort,
Das scholastisch scharf gespitzet.

…

Welches ist der wahre Gott?
Ist es der Hebräer starrer
Großer Eingott, dessen Kämpe
Rabbi Juda, der Navarrer?

Oder ist es der dreifalt'ge
Liebegott der Christianer,
Dessen Kämpe Frater Jose,
Gardian der Franziskaner?

…

Da folgen dann noch ein paar Dutzend Strophen und wer wissen möchte, wie der Disput ausging, der muss sich den köstlichen Heine vornehmen und nachlesen. Hansi und ich jedenfalls haben uns vor Begeisterung fast in die Hosen gemacht damals.

Schon Wilhelm Busch wusste: „Einszweidrei, im Sauseschritt läuft die Zeit; wir laufen mit." Genauso war es auch bei uns. Der Weihnachtsmann hatte kaum die Stiefel ausgezogen, da stand Meister Lampe schon mit den Ostereiern vor der Tür und die Zwischenprüfung rückte immer näher.

Wer sie nicht bestand, musste beim Sturm auf die „Festung Wissenschaft", wie es bei Stalin hieß, die Waffen strecken. So war es Erwin Schmeling ergangen, der als erster Korswandter ein Jahr an der ABF Greifswald studiert hatte. Da konnte man schon ins Grübeln kommen.

Sollte ich vielleicht den Chor oder die Gitarre sausen lassen oder gar das Handballspielen und lieber die Nase in die Bücher stecken? Doch auf den Handball wollte ich nicht verzichten, gerade jetzt, wo es so prima lief. Unsere Mannschaft war eine gute Mischung jüngerer und älterer Spieler, aus der zwei Akteure herausragten: mein Großcousin Horst Rossow und Mengi Meißner. Horst hatte von uns allen den härtesten Wurf und warf die meisten Tore, Mengi Meißner aus Bansin stand im Tor. Erwin Schmeling hatte ihn überredet, bei uns mitzuspielen. Er war sicherlich der beste Torhüter, der jemals in unserer Mannschaft zwischen den Pfosten gestanden hat. Aber abgesehen von den Einzelleistungen spielte die ganze Mannschaft einen guten Ball, wofür der Spitzenplatz in der Tabelle zum Beginn der Rückrunde im Frühjahr 1952 die Bestätigung war.

Die Gitarre – inzwischen war es nicht mehr die Klampfe, sondern eine Schlaggitarre – und den Chor wollte ich aber auch nicht missen, also schlug ich schließlich alle Bedenken in den Wind und vertraute auf mein Prüfungsglück. Es sollte sich aber bald zeigen, wie es um mein Glück und mehr noch um mein Wissen bestellt war. Jetzt, da wir eine Klausurarbeit nach der anderen schrieben, kamen die Bedenken wieder, die ich noch vor drei Monaten so leichtfertig in den Wind geschlagen hatte. Gut, in zwei drei Fächern brauchte ich mir keine Sorgen zu machen, aber wie sah es in den restlichen Fächern aus? Etwa in Erdkunde, da hatte ich vor der großen Weltkarte gestanden und China nicht gefunden. Oder in Gewi, wo es auch nicht berauschend lief. Mit Geschichte und Russisch sah es nicht besser aus und in Chemie und Bio war es auch nur so lala.

Die Gesamtnote für ein Fach ergab sich aus der Vorzensur und der Note für die schriftliche Prüfung. Lag sie zwischen zwei Ziffern, also zum Beispiel zwischen drei und vier oder zwischen zwei und eins, kam man in die mündliche Prüfung und hatte dort die Chance, die bessere Note zu erreichen.

Anfang Juli hatten wir die Zwischenprüfung hinter uns. In welchen Fächern ich mündlich dran war, weiß ich nicht mehr. Die Prüfung hatte ich wohl geschafft, aber wie würde mein Zeugnis aussehen?

Arbeiter- und Bauernfakultät der Universität Greifswald

ZEUGNIS

über die nach Ablauf des *1.* Studienjahres abgelegte

ZWISCHENPRÜFUNG

für *Manfred Zlimk*

Arbeitsgruppe *A 9*

Leistungen

1. Deutsch: *gut*
2. Gesellschaftswissenschaft: *genügend*
3. Geschichte: *genügend*
4. Russisch: *genügend*
5. Mathematik: *gut*

6. Physik: *gut*
7. Chemie: *befriedigend*
8. Biologie: *befriedigend*
9. Geographie: *befriedigend*
10. Zweite Fremdsprache: *—*
11. Körperliche Erziehung: *sehr gut*

Gesamtnote: *befriedigend*

Greifswald, *10. Juli* 1952

Direktor

Studiendirektor

Arbeitsgruppenleiter

Mein Zeugnis nach dem ersten Studienjahr

Hansi hatte hier und da auch zu kämpfen.. Sein Zeugnis sah etwa so aus wie meins und wir konnten einigermaßen zufrieden in die Ferien fahren.

Zu Hause wurde neben meiner bestandenen Zwischenprüfung vor allem Marlenes Berufsausbildungsabschluss gefeiert. Meine Schwester war jetzt Textilverkäuferin und außerdem hübsch anzusehn.

Marlene 17 Jahre alt

Das hatten auch einige junge Männer bemerkt, die zunehmend ihre Nähe suchten. Aber Mutti wird ihr wohl „Die wahre Natur des Mannes" eindringlich vor Augen geführt haben, schließlich war sie mit Otto Blunk verheiratet, was ungefähr so viel bedeutete, wie „Das Sexualverhalten des Ehemannes innerhalb und außerhalb der Ehe" zu studieren. Ernsthaftere Absichten hatte aber bislang noch keiner der Verehrer meiner Schwester erkennen lassen.

Ich traf mich nun wieder öfter mit meinen Freunden am See oder im Idyll. Manchmal waren wir auch in Ahlbeck am Strand. Dann entdeckten wir das Lochbillard bei Karl Bergte, der einen Bierausschank betrieb. Da wurden dann immer ein Paar Runden am Billardtisch ausgespielt. Bei Karl habe ich auch zum ersten Mal ein Viertelliterglas Bier auf ex getrunken, was ich vorher nicht für möglich gehalten hätte.

Die Handball-Rückrunde verlief überaus spannend. Würden wir es schaffen, den Spitzenplatz zu halten? Nach dem letzten Spieltag dann großer Jubel: Korswandt war Kreismeister. Ich weiß nicht mehr, wie lange Papa dabei war, es ist aber gut möglich, dass er noch in der Meisterelf mitgespielt hat. Ahlbeck war die Handballhochburg der Insel. Welche Mannschaften die Kreismeisterschaft bestritten haben, weiß ich nicht mehr, lediglich an Usedom und Kamminke kann ich mich noch erinnern.

Von unseren Anhängern wurden wir gebührend gefeiert und Fischer Schmidt vom Gothensee spendierte der Mannschaft einige Kilo Aal. Dann stieg im Idyll die Meisterfeier, natürlich mit Frauen. Ich hatte sofort an Püppi gedacht und, welch ein Wunder, sie durfte ohne Begleitung ihrer Mutter an unserem Aalessen teilnehmen. Von der Feier weiß ich nur noch, dass Püppi gleich nach dem Essen schon wieder aufbrechen wollte, wir hatten kaum drei Worte miteinander gewechselt. Doch ich sprach mit Karlheinz Brommecker. Der hatte ein Motorrad und sagte zu, Püppi nach Hause zu fahren. So konnte sie noch ein halbes Stündchen bleiben.

Als ich das nächste Mal ins Idyll kam, saß dort ein junger Mann am Klavier und spielte einen sagenhaften Boogie-Woogie. Meine Kumpels sagten mir, das sei der neue Lehrer Dieter Schuldt. Wir machten uns bekannt, und ich erzählte ihm, dass ich eine Schlaggitarre hätte. Er habe ein Akkordeon, erwiderte er und wir verabredeten, es demnächst mal auf unseren Instrumenten miteinander zu versuchen.

In Korswandt wurde gebaut. Betriebe aus dem Binnenland hatten im Dorf Grundstücke gekauft oder gepachtet und errichteten darauf Bungalows und andere Ferienbauten. Auf die Weise entstanden „Betriebsferienlager", in denen die Kinder der Betriebsangehörigen einen Teil ihrer Sommerferien verlebten.

Die Lager warfen auch für manchen Korswandter was ab. So verpachtete Erna Peters ihre Scheune, die fortan der Kindererholung diente. Manch einer konnte ein bisschen dazuverdienen und Bäcker Sachse musste, wenn die Kinder da waren, schon ein paar Brötchen mehr backen als sonst. Auch wir Jünglinge freuten uns über die Kinderferienlager, denn die Kinder kamen nicht alleine, sondern in Begleitung schicker junger Betreuerinnen, denen wir sofort unsere ganze Aufmerksamkeit widmeten.

Ich hatte immer mal nach meiner Hübschen Ausschau gehalten, sie aber nirgendwo entdeckt. Doch eines Tages lag sie am Wolgastsee auf einer Decke und sonnte sich. Ich setzte mich zu ihr und erfuhr, dass sie eine Zeit lang nicht in Korswandt gewesen war. Später badeten wir zusammen und plauderten danach noch eine Weile miteinander.

Wir trafen uns jetzt öfter, manchmal erst spät am Abend. Mit der Zeit überwand ich meine Schüchternheit und als der kleine Bogenschütze alle seine Pfeile verschossen hatte, schwebten wir verzaubert ins Reich der Aphrodite und entdeckten die süßen Früchte im Garten der Lüste. Nun sahen wir uns häufig, und nicht nur nächtens. Wir waren viel am

See oder in Ahlbeck am Strand. Und natürlich fehlten wir nicht, wenn im Idyll getanzt wurde. Einen Abend verbrachten wir zusammen auf der Ahlbecker Seebrücke. Dort spielte ein großes Orchester mit Sängerin zum Tanz auf. So ging der Sommer ins Land und die schöne Ferienzeit zu Ende.

Als Hansi und ich in der alten Greifswalder Kaserne wieder die Schulbank drückten, lag der Herbst schon heimlich auf der Lauer. Wir gehörten jetzt beide zur Arbeitsgruppe Bn1. Das „n" stand für mathematisch-naturwissenschaftlich. Die n-Klassen hatten keine zweite Fremdsprache, also weder Englisch noch Latein, wie die g-Klassen, bei denen das „g" geisteswissenschaftlich bedeutete.

Die Bn1, im Hintergrund das Unterrichtsgebäude. Hintere Reihe von links: Hans-Joachim (Hansi) Lettke, Horst Wichmann, Walter Lösel, Hans Hermann, Walter Nietsche, Manfred (Minka) Blunk, Fred Hilsenstein; mittlere Reihe von links: Franz (Bogati) Reich, Trautmann, Heribert Rong, Joachim (Öhmchen) Wallner, Arno Bansen; vordere Reihe von links: Günter Dedeleit, Franz Hempe, Rosi (Röschen) Giese, Heinz Mitschard, (Bonte); liegend von links: Franz Deutsch und Günter Timm.

Unser Arbeiter-und-Bauern-Abitur entsprach nicht ganz dem der Oberschule. Die Oberschüler hatten vier Jahre Zeit für ihr Abitur und wir drei. Das war aber noch nicht der Minusrekord. Die besten Studenten der A-Klassen wurden sogenannte Springer und legten das Abitur nach ganzen zwei Jahren ab. Das war natürlich viehisch. Da wusste am Ende keiner mehr, ob er Männchen oder Weibchen war.

Wir hatten jetzt in der Wohnanlage am Stadion Quartier bezogen. Ich wohnte mit Heinz Mitschard und vier anderen Studenten in einem Zimmer. Nun trabten wir auch, wie die älteren Semester, morgens über die Pappelallee zum Unterrichtsgebäude und mittags wieder zurück Die Mensa war auch umgezogen, sie befand sich jetzt im Kellergeschoss des Hauptgebäudes der Wohnanlage.

Gruppendozent der Bn1 war Günter Neubert, er unterrichtete uns in Deutsch. Eigentlich hatte er Schauspieler werden wollen, doch da war ihm der Krieg in die Quere gekommen. Mir gefiel es, wenn er im Literaturunterricht aus Werken berühmter Dichter deklamierte.

Gruppenfeier der Bn1, von links: Heinz Mitschard, Manfred Blunk, Deutschdozent Günter Neubert, Horst Wichmann und Walter Nietsche.

Einmal sollte ich die Fabel von „Hamlet" wiedergeben. Dozent Neubert hatte zuvor genau erläutert, was die Fabel eines Stückes enthalten müsste. Ich bemühte mich nun das Gelernte umzusetzen. Doch der erste Versuch geriet mir zu kurz, der zweite aber zu lang und schon hatte ich mir eine Vier eingehandelt.

Mathe hatten wir jetzt bei Dr. Engel, der hielt sehr auf Etikette. Wenn mal jemand seinen Doktor vergaß bei der Anrede, schnarrte er los: „Ich bitte mich doch mit meinem vollen Titel anzureden." Aber von der Mathematik hat er uns schon was beigebracht.

Dr. Schildhauer aus Rothenburg ob der Tauber war unser Geschichtsdozent. Hansi Lettke hielt über irgend ein Thema einen Vortrag. Nachdem er eine Weile geredet hatte, unterbrach ihn der Dozent: „Herr Lettke, Sie paraphrasieren. – Wissen Sie was das heißt?" – „Nein, aber ich kann's mir denken." – „Na, sagen Sie mal." – „Sie dreschen Phrasen und ich dreh die um." Ach du meine Güte! Jetzt würde es wohl laut werden. – Doch Dr. Schildhauer steckte Hansis dreiste Antwort ganz locker weg und erklärte uns, was paraphrasieren bedeutet.

Ich konnte mit der Zeit fast alle Harmonien auf der Gitarre spielen und musizierte ab und an zusammen mit einem Akkordeonspieler. Anlass dazu gab es öfter. Wenn ich mich nicht irre, hatte Horst Wichmann ein Schifferklavier. Zum Trio fehlte uns nur noch ein Kontrabass. Wir sprachen mit der FDJ-Leitung und bekamen den Bass. Walter Nietsche sollte ihn spielen und wollte das auch gerne, doch er hatte nicht die geringste Ahnung. Also schlug ich die Töne auf der Gitarre an, suchte sie auf dem Bass und machte an den betreffenden Stellen Kreidestriche am Griffbrett. So wurde Walter Bassist.

Später verbreitete sich der Gedanke, die ABF sollte eine Kapelle haben. Dann gab es wohl einen Aufruf und es meldeten sich ein paar Burschen. Die meisten von ihnen hatten angefangen, als wir Einundfünfziger ins zweite Jahr gingen.

Am Ende bestand unsere Band wahrscheinlich aus sechs jungen Männern. Siegfried Steinke aus Jüterbog blies ein tolles Tenorsaxofon, dazu kamen ein anderer Student, dessen Name mir leider entfallen ist, am Altsaxofon und als dritter Bläser Studienkollege Metzner an der Klarinette. Wenn wir in der Mensa spielten, saß am Flügel ein junger Mann, auch seinen Namen habe ich vergessen, aber er hatte, wie Siegi Steinke, Musik im Blut. Der Fünfte im Bunde war mein Freund Walter am Bass und ich spielte die Rhythmusgitarre.

Die Zusammensetzung unserer Truppe war nicht gerade ideal und was das Können der einzelnen Akteure anbelangte, waren wir auch nicht perfekt besetzt. Walter und ich hatten bei Weitem nicht so viel drauf wie die anderen. Doch unserer Begeisterung tat das keinen Abbruch.

Links: Tenorsaxofonist Siegfried Steinke, rechts: vermutlich unser Altsaxofonist, dessen Name mir leider entfallen ist. In der Mitte: ein Studienfreund der beiden, den ich nicht kenne.

Wir hatten uns also gefunden und das Musizieren bereitete uns einen Riesenspaß. Am liebsten machten wir Hotmusik. Zwar spielten wir nicht immer gut, dafür aber laut. Einmal, als wir wieder in der Mensa probten, haben wir die zarte Weise „Brüderlein fein" verhottet und waren dabei so richtig in Schwung gekommen. Plötzlich stand Studiendirektor Greinert neben dem Flügel, wir hatten ihn bei dem Krach nicht gleich bemerkt. Greinert war außer sich. Ich musste meine ganze Beredsamkeit aufwenden, um ihn zu beruhigen. Nach der vielfachen Versicherung, dass so was nie, nie wieder vorkäme, war die Angelegenheit dann endlich beigelegt. Hotmusik war eben ganz und gar nicht das, was Walter – nicht mein Freund Nietsche, sondern Walter Ulbricht, Generalsekretär des ZK der SED – unter Kultur verstanden wissen wollte.

Damals war es üblich, dass die Arbeiter der volkseigenen Betriebe, aber auch Angestellte, Schüler und Studenten, den Bauern beim Einbringen der Ernte halfen. Da durfte die rote Fakultät natürlich nicht fehlen.

Studenten der Arbeitsgruppen Bn1 und Bn2 bei der Kartoffelernte in der Umgebung von Greifswald.

Walter Ulbricht hatte im Sommer 1952 den Aufbau des Sozialismus in der DDR verkündet. Zu der Zeit war auch die Gesellschaft für Sport und Technik gegründet worden. In der GST konnten sportlich und technisch interessierte Menschen für einen geringen Mitgliedsbeitrag ihr Steckenpferd reiten. Wir dachten, das könnte auch was für uns sein. Also ging Hansi Lettke zu den Segelfliegern, und ich zu den Motorradfahrern.

Damit mir auch noch Zeit zum Lernen blieb, meldete ich mich beim Chor ab. Von den Handballern hatte ich mich wohl schon im Sommer verabschiedet. Dafür spielte ich jetzt Volleyball in der ABF-Mannschaft, unter anderem in Löcknitz und in Wustrow auf Fischland.

Bei meinen zahlreichen Tätigkeiten war die Zeit wie im Fluge vergangen, das Jahr war so gut wie rum und wir freuten uns auf die Weihnachtsferien.

In Korswandt ging alles seinen gewohnten Gang. Mutti hatte zum Fest einen bescheidenen Gabentisch gedeckt. Ich habe Oma und Opa besucht, mich wie gewöhnlich während der Ferien mit meinen Freunden getroffen und im Idyll das Tanzbein geschwungen.

Dann Ahlbeck, Regina-Bar mit Hansi. Wir sahen uns kurz um und mir fielen fast die Augen raus: was für ein Weib! Ich weiß nicht mehr, ob ich es geschafft habe, mit der Perle zu tanzen, denn sie und ihre Freundin flirteten den ganzen Abend mit der Kapelle. Und als das hübsche Kind den Schlagzeuger mit sauren Gurken fütterte, ging es mir wie dem Salzgemüse – ich war sauer.

Doch sauer hin, sauer her, die Schöne ging mir nicht mehr aus dem Sinn. Auch später, in Greifswald, spukte sie mir noch immer im Kopf herum und mir wurde langsam klar, dass ich mich wohl verknallt hatte.

HO-Gaststätte „Regina-Bar"

An der ABF war der Unterrichtsalltag wieder eingezogen. Mit der Erfahrung der ersten Zwischenprüfung sah ich der nächsten schon gelassener entgegen. Zwar hatte ich in einigen Fächern immer noch Probleme, aber sonst lief es ganz gut.

Zu meinem Alltag gehörte nun auch, ab und an Musik zu machen, meistens für Geld. Mein Freund Walter hatte der Kapelle in seinem Heimatdorf ein Geschäft besorgt. Wir fuhren am Samstag mit der Bahn nach Stralsund und von dort mit dem Triebwagen bis zu seinem Dorf. Walter machte den Reiseführer.

Dann legten wir richtig los und spielten bis Mitternacht. Es war hier ungefähr so wie zu Hause im Idyll. Die Frauen tanzten gerne und die Männer tranken viel. Wir bekamen in jeder Pause eine Lage Schnaps, machten aber kaum Pausen. Obwohl wir dennoch einiges intus hatten, waren wir nicht mal angeheitert, als wir den Saal verließen. Zum Schluss mussten wir uns beeilen, um den letzten Triebwagen nach Stralsund nicht zu verpassen. Ich hatte mich aber noch von einem Mädchen verabschiedet und stolperte, den Gitarrenkoffer in der Hand, auf der verschneiten Chaussee hinter den anderen her. Doch als ich an der Haltestelle ankam, waren meine Leute schon weg. So musste ich im Dorf übernachten und konnte erst am Sonntag zurück nach Greifswald fahren.

Der Winter war noch nicht zu Ende, da bekam ich am linken Auge ein Furunkel und landete nach einigem Hin und Her im Krankenhaus. Das hätte mich nicht weiter beunruhigt, aber vier Tage nach meiner Einweisung wollte sich die Greifswalder Ärzteschaft in der Hütte zu einem Maskenball einfinden, den die ABF-Band musikalisch betreuen sollte.

Im vergangenen Herbst hatten wir schon auf einem internationalen Ärztekongress gespielt und waren da mindestens bei einem westdeutschen Arzt ganz gut angekommen. Warum wurden wir bestellt und nicht weitaus bessere Kapellen, wie etwa die vom Korso oder vom Theatercafé?

Weil die Berufsmusiker, teils aus ökonomischen, teils aus ideologischen Gründen, nicht alles spielen durften, was die Leute hören wollten. Und wenn da zu viele Töne aus der falschen Himmelsrichtung kamen, konnte das schnell zu einem unfreiwilligen Berufswechsel führen. Wir mussten aber nicht, wie unsere Profi-Kollegen, von der Musik leben, wir hatten unser Stipendium. Also spielten wir alles was uns gefiel, wenn wir es konnten, frisch von der Leber weg, egal aus welcher Himmelsrichtung es kam.

Der Maskenball rückte näher und ich versuchte, die Stationsärztin zu bewegen, mich spätestens am Sonnabend zu entlassen, doch die gute Frau war anderer Meinung. Ich hatte aber mit Walter vereinbart, wenn ich mich bis Freitag nicht melde, sollte er am Samstag ins Krankenhaus kommen. Walter kam und wir erzählten dem diensthabenden Arzt, ich müsste mich wegen meines Stipendiums bei der Verwaltung melden. Der Doktor überlegte einen Augenblick und ließ mich gehen.

Die Hütte war hübsch geschmückt, das Thema des Maskenballs war wohl aus Goethes „Faust" entlehnt. Anfangs musizierten auf Wunsch des Veranstalters je drei Mann von uns in zwei Räumen, aber das war nichts Halbes und nichts Ganzes. Später jedoch spielte die Band, wieder vereint, im größten Raum zum Tanz auf.

Wir kamen auch hier gut an und die maskierten Mediziner drehten ausgelassen eine Runde nach der anderen auf dem Tanzparkett. Um Mitternacht nahmen die Damen und Herren die Masken ab und ich erschrak heftig: Meine Stationsärztin tanzte mit dem Chefarzt. Gewiss hatten die beiden mich längst entdeckt; dafür sorgte schon mein auffälliger Verband am Kopf.

Ich war natürlich wieder zurück ins Krankenhaus gegangen und hatte mich auf Ärger eingestellt. Aber meine Ärztin nahm am Montag kaum Notiz von mir und schickte mich noch am Vormittag nach Hause.

Bald nach dem Maskenball wurde unsere Arbeitsgruppe zusammengerufen und Gruppendozent Neubert teilte uns sichtlich bewegt mit, dass Stalin, „der größte Mensch unserer Epoche", verschieden sei. – Dann weinte er. Dass ein gestandener Mann wie unser Deutschdozent aus solchem Anlass in Tränen ausbrach, verblüffte mich.

Später hat die FDJ-Leitung eine Ehrenwache eingerichtet. Auf einem Sockel im Eingangsbereich des Hauptgebäudes stand ein Gipskopf des Verblichenen und zu beiden Seiten hielten abwechselnd zwei Jugendfreunde beiderlei Geschlechts im Blauhemd und mit geschulterter Luftbüchse eine Zeit lang Wache. Ich war auch dabei.

Mein neunzehnter Geburtstag stand bevor. Da müsste ich einen ausgeben, meinten die Zimmerkollegen. Na gut, ich kaufte ein paar Flaschen billigen Tischwein. Das Thema des Selbststudiums an meinem Geburtstag hieß also Wein trinken. Immer wenn ich meinen Kommilitonen nachgoss, flüsterte Bacchus mir ins Ohr: „Denk auch an dich, mein Freund." Das ließ ich mir nicht zweimal sagen.

Schließlich begaben wir uns gut gelaunt zum Abendessen in die Mensa. Während des Essens befiel mich Übelkeit und ich suchte die Toilette auf. Leicht schwankend erreichte ich den abgelegenen Ort. Ich konnte nur noch die Tür zumachen, dann versagten die Beine mir den Dienst. Mit letzter Kraft klammerte ich mich an den Wasserhahn über dem Ausguss. Von Wein kann man nicht betrunken werden, dachte ich immer; aber probieren geht über studieren. Das ganze Ungemach erlebte ich bei vollem Bewusstsein, denn mein Denkvermögen war ungetrübt. Zum Glück entdeckte mich aber bald einer meiner Tischgenossen und erlöste mich aus der misslichen Lage.

Anfang April ging's in die Ferien, Ostern stand vor der Tür. Zu Hause waren Mutti und Marlene dabei, dem Osterhasen die Kiepe zu füllen. Auch Familie Schmidt in Braunschweig sollte bedacht werden. Dort war vor dem Osterhasen schon der Klapperstorch gewesen und hatte Reiners Brüderchen Wolfgang gebracht.

Ostern mochte ich, bis auf den stinklangweiligen Karfreitag, an dem nirgends was los war. Ich konnte nicht in Erfahrung bringen, ob die Dorfjugend an dem öden Tag immer noch zur Oberstufe am Krebssee pilgerte oder ob die jahrzehntelange Tradition inzwischen eingeschlafen war.

Früher kam Oma am Ostersonntag morgens mit Stiepruten in unser Schlafzimmer, hob die Bettdecke an und fuchtelte mit den Birkenzweigen herum, dabei sagte sie:

Stiep, stiep Osterei,
gibst du mir kein Osterei,
stiep ich dir das Hemd entzwei.

Doch das lag weit zurück und der geheimnisvolle Zauber meiner frühen Kinderjahre war längst verflogen.

Uns Einundfünfzigern stand die zweite Zwischenprüfung bevor. Ich hatte mich in einigen Fächern leicht verbessert, aber zwei, drei hartnäckige Vieren verdächtigten mich dennoch, es beim Lernen am erforderlichen Fleiß fehlen zu lassen.

An der ersten Zwischenprüfung waren viele gescheitert und hatten die ABF verlassen müssen. Das musste ich bei der jetzigen nicht befürchten. Wer es ins zweite Jahr geschafft hatte, durfte durchaus hoffen, nach dem dritten mit dem Abiturzeugnis belohnt zu werden.

Hansis Auftakt war auch beschwerlich. Er hat mir mal gebeichtet, dass er im ersten Jahr das Studium aufgeben wollte, weil er mit der Algebra nicht klarkam. Statt an der ABF das Abitur abzulegen, wollte er sich an der Seefahrtschule Wustrow zum Funker ausbilden lassen. Doch sein Arbeitsgruppenleiter Dr. Schildhauer hat ihn bewogen dazubleiben. Und nun, bei Dr. Engel, gehörte Hansi in Mathe zu den Besten der Bn1. Wir fühlten uns jetzt weitaus besser, als vor der ersten Zwischenprüfung. Da konnte ein wenig

Zerstreuung doch wohl nicht schaden. Also ab ins Theater-café.

Ob ich alleine oder mit Hansi unterwegs war, weiß ich nicht mehr. Der Abend begann mit einer Überraschung. Ich hatte mich kaum gesetzt, da sah ich sie: meine Perle aus der Ahlbecker Regina-Bar. Sie saß ganz brav ein paar Tische weiter. Eingedenk ihrer Eskapaden in Ahlbeck schaute ich trotzdem mal zur Kapelle rüber, aber da war wohl nichts zu befürchten. Ich tanzte dann den ganzen Abend mit ihr. Dabei erfuhr ich, dass sie in Ahlbeck zu Hause war, aber in Greifswald arbeitete.

Später überredete ich sie, mit mir Brüderschaft zu trinken. Sie hatte einen süßen kleinen Schwips und ich war auch leicht angeheitert. Bald danach spielte die Kapelle den Rausschmeißer. Ich zahlte und wir verließen das Lokal. Meine schöne Tänzerin schien nichts dagegen zu haben, dass ich sie nach Hause bringen wollte, denn sie hakte sich bei mir ein. Wir turtelten eine Weile durch die Stadt, bis sie vor einem Haus stehen blieb und die Tür aufschloss. Dann führte sie mich in ein kleines, sparsam eingerichtetes Zimmer mit einem schönen breiten Bett …

Der Student als Liebhaber war eher ein Gelegenheitsarbeiter, ein Facharbeiter eher nicht. Sexual-oder besser Liebeskunde stand auf keinem Stundenplan. Das Nötigste hatte er an der Straßenecke aufgeschnappt.

So gewappnet näherte er sich dem Objekt seiner Begierde, das auch kaum mehr wusste als er, obwohl Mädchen oft besser aufgeklärt waren als Jungen. Wenn es dann zur Sache selbst kam, war der „Barfüßer" schneller wieder draußen, als er reingekommen war. Bloß kein Kind! Coitus interruptus nennen das die Mediziner. Na ja, Erfüllung sieht anders aus.

Unter den Umständen wurde aus dem Gelegenheits- ein Akkordarbeiter, was sich aber günstig auf die Verweildauer auswirkte. Doch bei der vierten oder fünften Einkehr, fing die derart Geliebte heftig an zu stöhnen und bäumte sich auf. Da sprang der junge Liebhaber erschrocken aus dem

Bett. Woher sollte er auch wissen, was sich beim Coitus im Körper einer Frau abspielt?!

Im Vergleich zu den Springern, die in einem einzigen Jahr das Pensum schaffen mussten, für das wir immerhin zwei Jahre Zeit hatten, ging es uns gut. Wir konnten nebenher bei der GST Motorrad fahren oder segelfliegen, irgendeinen Sport treiben, musizieren oder auch mal einen draufmachen.

Am liebsten gingen wir ins Korso. Uns gefiel die Musik dort. „Das machen nur die Beine von Dolores" war ein beliebter Tango in den fünfziger Jahren. Walter und ich bewunderten den Akkordeonspieler des Quartetts, der sein Instrument virtuos beherrschte.

Einmal waren wir zu sechst angerückt. Der Kellner hatte uns schon etliche Runden Bier serviert, als mir plötzlich der Kamm schwoll. Ich wollte mich dafür rächen, dass Krauskopf, der Wirt, mir erst das Eintrittsgeld abgenommen und mich dann um zehn rausgeschmissen hatte, als ich noch nicht achtzehn war. „Jetzt piss ich dem Krauskopp an die Wand", rief ich den anderen zu und sprang auf. Bevor die, auch nicht mehr ganz nüchtern, recht begriffen hatten, was vor sich ging, stand ich schon weiter hinten im Saal an der Wand und ließ meinen Rachegelüsten freien Lauf. Als ich mich umsah, traf mich ein vorwurfsvoller Blick des Kellners, doch er sagte nichts und ich setzte mich wieder. So blieb meine Flegelei ungesühnt.

Nicht lange nach dem Bechern im Korso habe ich mich mit meiner Mutter, die in der Uni-Klinik gewesen war, im Theatercafé getroffen. Wir fanden einen leeren Tisch und warteten auf den Kellner. Als der kam, fielen mir alle meine Sünden ein – es war der Korso-Kellner. Aber er ließ sich nichts anmerken und wir konnten in Ruhe Kaffee trinken. Mir war die Begegnung aber doch sehr peinlich.

Die Prüfungen zogen sich hin. Ich kann mich nur noch an den Aufsatz in Deutsch erinnern. Drei Werke standen zur

Auswahl, darunter Schillers „Kabale und Liebe". Obwohl ich mit dem Titel zunächst nichts anfangen konnte, entschied ich mich für Schiller – und war begeistert. So schrieb ich den Aufsatz mit großem Eifer.

ARBEITER - UND - BAUERN - FAKULTÄT

der

Greifswalder
Universität / ~~Hochschule~~

ZEUGNIS

DER ZWISCHENPRÜFUNG

nach Abschluß des _____ *zweiten* _____ Studienjahres

für _____ *Manfred Blunk* _____

Studienzweig: _____ *math./nat.* _____

LEISTUNGEN

Deutsch	*gut*	Mathematik	*gut*
Gesellschaftswissenschaft	*gut*	Physik	*genügend*
Geschichte	*genügend*	Chemie	*genügend*
Russisch	*gut*	Biologie	*genügend*
2. Fremdsprache	—	Geographie	*gut*
Ergebnis der Prüfung in Körpererziehung		*gut*	

Gesamtnote _____ *gut bestanden* _____

Greifswald , den *9. Juli* 1953
Ort

_____ _____
Gruppendozent   Direktor

3434 S VLV Erfurt Zc 209 V/4/9-7,45 DVR 724 2

Mein Zeugnis nach dem zweiten Studienjahr

79

Später gab Dozent Neubert die Zensuren bekannt. Ob es Fünfen und Vieren gegeben hat, weiß ich nicht mehr. Bei den Dreien war ich nicht dabei, bei den Zweien nicht, aber auch nicht bei den Einsen. – Dann sagte unser Deutschdozent: „Ihren Aufsatz habe ich meiner Frau gezeigt, Herr Blunk." Also Eins mit Sternchen. Ich hatte dem Scheitern der Liebenden in Schillers Trauerspiel die Ehe ohne Klassenschranken im Sozialismus gegenübergestellt.

Manfred, Elfi und Marlene 1953

Auch die zweite Prüfung hatte ich geschafft, war aber die Vieren immer noch nicht losgeworden. Doch im Ganzen stand ich etwas besser da, als vor einem Jahr. Hansi Lettke hatte sich ebenfalls verbessert. So fuhren wir eigentlich recht wohlgemut in die Sommerferien. Mich beunruhigte jedoch, dass meine Mutter in letzter Zeit immer öfter zum Arzt oder ins Krankenhaus musste. Mutti half immer noch ihren Eltern bei der Feldarbeit, obwohl sie krank war. Doch auch meine Großeltern hatten mit Krankheiten zu kämpfen.

Martha und Otto etwa Mitte der 1950er Jahre

Omas Problem waren seit Langem die Beine, darum trug sie ständig Gummistrümpfe. Außerdem musste sie ein Auge täglich mit Augentropfen behandeln, weil ihr beim Melken einmal eine Kuh mit dem Schwanz ins Auge geschlagen hatte.

Lux und Karl ungefähr Mitte der 1950er Jahre

Meinen Großvater plagte die Gicht, vor allem in den Händen; aber er ging nicht zum Arzt. Zu allem Übel hatte er auch noch sein Pferd eingebüßt. Doch Opa ließ sich nicht entmutigen. Er kaufte sich eine braunbunte Kuh und spannte die vor den Ackerwagen.

Korswandt war nun nicht mehr nur das Kuhdorf meiner Kinderjahre, eine leichte Brise des Strandlebens der Ostseebäder wehte auch zu uns herüber. Badegäste aus Ahlbeck sahen sich öfter hier um, ruderten auf dem See und tranken im Idyll Kaffee. Einige kamen nur wegen der köstlichen Torte. Die hatte Bäckermeister Artur Sachse zusammen mit seinem Sohn Günter gebacken.
Wer Zeit hatte, fand sich am Wolgastsee ein: der einheimische Nachwuchs, die Kinder aus den Ferienlagern, einige Urlauber, die in Korswandt oder Ulrichshorst untergekommen waren, und natürlich wir jungen Burschen.

Marlene und ihre Freundin Christa Mazurek sonnten sich auch mitunter am See. Eines Tages gesellte sich ein junger Mann zu ihnen und traf sich fortan häufiger mit den beiden; manchmal auch am Strand in Ahlbeck.

Eddy und Marlene 1953 am Strand in Ahlbeck

Der Urlauber Eddy hatte meiner Mutter wohl schon seine Aufwartung gemacht, jedenfalls ließ der Ton, in dem sie mir von Marlenes Techtelmechtel erzählte, darauf schließen, dass sie den Verehrer ihrer Tochter ganz sympathisch fand.

Wie üblich traf ich mich mit meinen Freunden zu einem Bier im Idyll; Lehrer Schuldt, der Musikus, war auch dabei. Es blieb nicht bei dem einen, schließlich gab es viel zu erzählen. Dann kam die Rede aufs Musikmachen, am besten im Idyll, doch Brommeckers wollten davon nichts wissen. So vereinbarten wir, uns nächstens mal bei Karl Bergte zu treffen.

Am Lochbillard ein paar Runden Bier ausspielen, machte uns immer noch Spaß. Bei Bergtes war bald mehr los als im Idyll, besonders dann, wenn Dieter Schuldt und ich mit Akkordeon und Gitarre Musik machten. Die Dorfjugend fand sich regelmäßig ein, aber auch mancher Sommergast schaute mal auf ein Bier vorbei. Und als sich herumgesprochen hatte, dass in Karls Kneipe Remmidemmi war, ließen sich ab und an auch mal die älteren Semester blicken.

Dieter und ich musizierten nun fast jeden Abend bei Bergtes und die kleine Schenke war immer voll; mitunter tanzten die Leute auch. Wir hatten uns mit einigen jungen Männern aus Bitterfeld angefreundet, die wie wir Stammgäste bei Karl waren. Zu später Stunde spielten wir regelmäßig Lale Andersens legendäre „Blaue Nacht, o blaue Nacht am Hafen" – Küstenromantik pur. Das ganze Lokal sang mit. Den Text kann ich heute noch.

Ab und an war ich auch mit Gerhard Kroll unterwegs. Er spielte Akkorden und vielleicht haben wir damals schon zusammen musiziert. Wir waren öfter am Strand in Ahlbeck. Dort steckte sich jeder im Sand ein Tor ab und wir versuchten abwechselnd einen Ball ins andere Tor zu köpfen. Dabei gewann er meistens. Gerhard hatte immer ein flottes Wort auf der Lippe. Wenn ich mit ihm zusammen war, habe ich an einem einzigen Tag mehr gelacht, als sonst in einem ganzen Monat.

Dann waren wir mal angeln am Großen oder Kleinen Krebssee in der Nähe von Sallentin. Gerhard fuhr damals ein Motorrad mit Beiwagen. Also rauf auf den Bock und ab gings. Als wir uns auf einem Sandweg dem Gewässer näherten, lag eine Leine quer über dem Weg an deren einem Ende ein Schaf angebunden war. Gerhard rollte sachte an das Seil heran und gab dann kurz Gas. Darauf wollte das Schaf wegrennen und straffte dabei den Strick. Neben einer Vollbremsung führte das bei uns zu einem der vielen Heiterkeitsausbrüche, die wir zusammen erlebten. Wir konnten aber sowohl uns als auch das Tier beruhigen und erreichten ohne weitere Störung das Seeufer.

In der Nähe war ein Bootssteg, auf dem ließen wir uns nieder, legten unsere Angeln aus und behielten die Posen im Auge. Nachdem ich eine Weile vergebens auf einen Biss gewartet hatte, sah ich nach meinem Köder und warf dann die Angel weit auf den See hinaus. Doch was war das? Die Schnur hatte sich von der Rute gelöst und drohte in den Fluten zu versinken. Also raus aus den Klamotten und rein ins Wasser. Ich fand den Schwimmer und konnte meine Angel retten.

Gerhard war nicht besser dran als ich, kein Biss. Vielleicht mochten die Fische unsere Würmer nicht. Ich weiß nicht, was er machen wollte, jedenfalls hantierte er mit seiner Kombizange herum. Plötzlich fluchte er laut. Die Zange hatte sich durch eine Fuge zwischen den Stegbrettern in die Tiefe verabschiedet. „Meine schöne Kombizange!" jammerte er. Doch da half kein Jammern, da half nur tauchen. Ich zog mich also noch mal aus und tauchte unter dem Steg. Es war dort kaum zwei Meter tief. Ohne lange zu suchen, fand ich die dunkle Zange auf dem hellen Grund. So brachten wir am Ende zwar keine Fische, aber doch wenigstens das wieder mit nach Hause, was wir mitgenommen hatten.

Natürlich gingen wir auch immer mal tanzen, ins Idyll, auf die Ahlbecker Seebrücke oder in die Taverne Ahoi. Das Tanzlokal befand sich im Souterrain eines Hauses in der See-, Ecke Kaiserstraße. Die Taverne veranstaltete ab und an einen Sängerwettstreit. Da könnten wir doch auch mal mitmachen, dachten wir uns, Dieter und ich.

Im Radio wurde fast täglich „Ein verlebter kleiner Affe" gespielt. Einfache Melodie, simpler Text: kleiner Affe verliebt sich im Zoo in kühles Giraffenfräulein. Wir haben den „Affen" ein paar Mal geprobt und als Text und Melodie saßen, brachen wir auf zum nächsten Sängerwettstreit in der Taverne Ahoi.

Korswandter Jünglingsrunde anno 1953 in der Ahlbecker Taverne Ahoi, von links: Gerhard Kroll, Egon Pieper (aus Ulrichshorst), Horst Rossow, der Eisbär von Foto Luckmann, Ahlbeck, Günter Parlow, Dieter Schuldt, Günter Sachse und Manfred Blunk.

Einige Freunde hatten uns begleitet und wollten unseren Auftritt miterleben. Bevor wir dran waren, spielten wir den Schlager im Hof neben dem Saal noch mal kurz an, dann war es so weit. Wir bauten uns vor der Kapelle auf und Dieter flüsterte: „zwei, drei“. Dann griff er in die Tasten – aber das war nicht die vereinbarte Tonart. Ich zögerte einen Moment, Dieter sah mich an und hörte auf zu spielen. Er, der so perfekt war, der so viel mehr auf seinem Akkordeon konnte, als ich auf der Gitarre, er hatte daneben gegriffen. Um aber den Fehler elegant überspielen zu können, fehlte es uns an Erfahrung. So traten wir sang-und klanglos wieder ab, noch ehe wir richtig aufgetreten waren.

Für das schöne Geschlecht war ich beileibe kein Belami, dem die Frauenherzen nur so zuflogen. Aber immerhin gelang es mir bisweilen, ein Frauenherz zu erobern. Manchmal auch in einer lauen Sommernacht auf der Ahlbecker Seebrücke.

Die Ahlbecker Seebrücke 2004. Sie wurde ab 1882 in mehreren Etappen erbaut. 1898 erhielt sie einen 280 Meter langen Seesteg und in den 1930er Jahren ihr heutiges Gesicht. An den Bauarbeiten in den Dreißigern war auch mein Vater als junger Zimmermann beteiligt.

Mit der einen oder anderen der jungen Damen, die ich beim Tanzen kennengelernt hatte, habe ich mich öfter getroffen. Eine von ihnen war mir so zugetan, dass sie mich am liebsten mit nach Velten genommen hätte, als ihr Urlaub zu Ende war.

Eine andere wollte nur getröstet werden. Sie war von ihrem Freund verlassen worden und hatte nach diesem Schicksalsschlag im Heringsdorfer FDGB-Erholungsheim Solidarität einen Ferienplatz ergattert. Ich habe sie dort besucht und wir sahen uns dann häufiger.

Das FDGB-Erholungsheim Solidarität in Heringsdorf wurde von 1883 an als Hotel Kaiserhof Atlantic erbaut und vermutlich in den 60er oder 70er Jahren des vorigen Jahrhunderts abgerissen.

Als wir mit den Bitterfeldern wieder mal zum Ahlbecker Strand pilgerten, kamen wir in der Seestraße an einem Bierlokal vorbei oder besser gesagt nicht vorbei. Es gab dort Porter in kleinen Flaschen. Da haben wir kräftig zugelangt. Später, auf dem Weg zum Strand, rief einer: „Los Leute! Jetzt gehn wir zum FKK."

Der Nacktbadestrand lag ein ganzes Stück hinter dem Hotel Ostende fast an der polnischen Grenze. So um 1950 haben die ersten Nackedeis – vielleicht Berliner oder Sachsen – die Freikörperkultur in Ahlbeck eingeführt; häufig waren Künstler die Wegbereiter. Anfangs randalierten dort einige Ahlbecker Halbstarke, aber das ließ bald nach und die Zahl der Nacktbader nahm schnell zu.

An einem freien Platz gleich hinter der Düne zogen wir die Sachen aus, legten uns in den Sand und beäugten all die Adams und Evas, die da lagen, herumliefen, spielten oder badeten. Zumeist waren es Paare und Familien mit Kindern. Darunter wunderschöne Körper, die sicherlich jeden Schönheitswettbewerb gewonnen hätten. Doch da war auch eine ziemlich beleibte Dame, vermutlich schon im Omaalter, die saß den ganzen Tag unbekleidet in dem einzigen Strandkorb dort, und selbstverständlich gehörte auch sie zu der großen Ahlbecker Nudistenfamilie.

Am Ahlbecker FKK-Strand im Sommer 1953, von links: Manfred Blunk, Dieter Schuldt und zwei Urlauber aus Bitterfeld.

Nicht weit von uns lagen drei junge Mädchen, die zwar keine Badeanzüge, dafür aber immer Bademäntel anhatten, wenn sie baden gingen. Die ließen sie unten am Strand fallen und rannten dann schnell ins Wasser. Als die jungen Damen wieder mal badeten, lief einer der Bitterfelder zum Wasser runter, nahm die drei Bademäntel und trug sie zum Liegeplatz der Mädchen. Er hatte sich kaum wieder hingelegt, da rief uns ein älterer kräftig gebauter Mann zu: „He Jungs, lasst ma die Meechen in Ruh. Hier kann jeder nach seine Fasson selig werdn. Macht keene Zickn nich un bringt die Klamotten zurück." Oh! Ein Ordnungshüter? Wir waren vielleicht etwas übermütig nach der Porter-Tour, aber keineswegs auf Streit aus. Also legte unser Freund die Bademäntel schleunigst wieder dort hin, wo er sie weggenommen hatte.

Die Freikörperkultur gefiel uns. Wir gingen nun fast jeden Tag zum FKK-Strand. Manchmal kamen junge Männer angelaufen, die hatten mit FKK nichts am Hut, wollten aber nackte Frauen knipsen. Doch das verhinderten gewöhnlich die „Ordnungshüter": „Zieh dich aus, Kumpel, oder gib uns deinen Film." Meistens gaben sie ihren Film her, nicht immer ganz freiwillig.

Mit der Zeit erkannten wir auch Leute wieder, wenn sie nichts anhatten. Etwa die Sängerin der Kapelle Eric Herse, die auf der Seebrücke spielte, oder unsere Serviererin aus der Taverne Ahoi. Wenn sie uns dann abends bediente, war das immer eine sehr herzliche Begrüßung. Wir hatten ein kleines Geheimnis miteinander, von dem die anderen Gäste nichts wussten.

Die Tanzabende waren in diesem Sommer nur ein kurzes Vergnügen, weil nach dem 17. Juni an der Küste ein fünf Kilometer breiter Sicherheitsbereich verfügt worden war, in dem alle öffentlichen Veranstaltungen schon um zweiundzwanzig Uhr beendet werden mussten. Wer konnte, verzog sich mit seiner Feier ins Achterland. Wir hatten uns den Spaß dadurch aber nicht verderben lassen und waren eben öfter zu Karl Bergte gegangen. Karl nahm es nicht so genau mit der vorverlegten Polizeistunde.

Der August war dahingeschwunden. Korswandts Gäste hatten nach und nach ihre Zelte abgebrochen und wir uns wieder in Greifswald eingefunden, Hansi Lettke und ich. Aus der Bn1 war die Cn1 geworden, jetzt waren wir die alten Hasen und durften Zweimannzimmer beziehen. Ich wollte gerne mit Franz Hempe zusammenwohnen, aber Günter Dedeleleit wollte das auch. Da wir uns nicht einigen konnten, holte Walter Nietsche zwei Streichhölzer aus der Tasche und sagte: „Wir losen. Wer das kurze Holz zieht, hat verloren." Dann ließ er Günter ein Streichholz ziehen und der zog prompt das kurze. Ich freute mich über das Losglück und brachte meine Sachen in unser Zimmer.
    Später hat Walter Nietsche mir jedoch gestanden, dass er ein Streichholz gekürzt und das andere angeknickt hatte. So konnte Günter – was er auch zog – immer nur den Kürzeren ziehen. Na ja, Walter war eben ein Schlitzohr.

Anfang der fünfziger Jahre tauchten in den Fischgeschäften runde Büchsen aus der Sowjetunion auf, die als Pyramiden in den Schaufenstern standen und schnell Ladenhüter wurden.

Eine Büchse von heute. So ähnlich sah sie auch damals aus.

Als die Büchsen eine Zeit lang mit der Mensaverpflegung ausgegeben wurden, blieben die meisten auch hier auf den Tischen liegen. Aber Franz raunte mir zu: „Nimm alle mit, die du kriegen kannst. Da ist Krebsfleisch drin, das schmeckt ausgezeichnet." So lag bald ein ansehnlicher Vorrat der verschmähten Ladenhüter in unserm Schrank. Franz hatte einen kleinen Elektro-Kocher und eine Bratpfanne, in der er mit etwas Speck das Krebsfleisch zubereitete. Alle Achtung! Der Kamtschatkakrebs war ein Schmaus für Feinschmecker.

Nach etlichen Geländefahrten mit dem Motorrad bei der GST stand nun die Prüfung für die Fahrerlaubnis bevor. Doch zunächst mussten wir unser Farbsehen überprüfen lassen.

Wir rückten also mit der ganzen Truppe bei den Medizinern an. Einer nach dem anderen sollte in einem Buch die in bunten Farbkreisen versteckten Zeichen erkennen. Bei den meisten ging das ganz schnell. Ich aber sah mal die Zeichen, mal nicht, dann doch wieder … Das fanden die anderen lustig und machten ihre Witze. Die junge Frau mit dem Buch sah mich misstrauisch an und dachte wohl, ich wolle sie veralbern. Aber mir wurde angst und bange, war ich farbenblind? Doch am Ende bestand ich den Farbtest und später auch die Fahrprüfung.

Die GST-Maschinen AWO …

... und EMW

Während ich mit dem Motorrad im Gelände rumgekurvt war, hatten Hansi Lettke und mein Zimmerkumpel Franz Hempe sich bei den Segelfliegern die Welt von oben angesehen. Sie waren wohl auch dabei, die ersten Prüfungen abzulegen.

Obwohl wir mit dem Büffeln fürs Abitur hinreichend beschäftigt waren, fanden die meisten von uns noch Zeit, um nebenher ihr Steckenpferd zu reiten, teils im stillen Kämmerlein, teils zusammen mit anderen, etwa in Volkskunstzirkeln.

Anlässlich eines internationalen Studententreffens traten im Greifswalder Theater Chöre, Volkstanz-und Musikgruppen auf, darunter von der ABF Sänger, Tänzer und die Kapelle.

Mir gefiel besonders der Auftritt einer Musiker-Truppe aus der CSR. Schon die ersten Takte versetzten mich in totale Begeisterung. Das war doch die flotte Musik, die ich in Korswandt gehört hatte. Aber ich wusste immer noch nichts über sie, nicht mal wie sie hieß. Erst viel später habe ich erfahren, dass es Dixieland-Jazz war, der mich so begeistert hat.

Ab und an fuhr ich am Wochenende nach Hause. Öfter war dann auch Eddy bei Marlene zu Besuch. Er stammte aus Jägerndorf im mährischen Altvatergebirge, war Oberleutnant der Grenzpolizei und kam aus Berlin. – Vielleicht auf Freiersfüßen?

Vom Unterricht im dritten Studienjahr weiß ich eigentlich nichts mehr. Wahrscheinlich merkt sich das Langzeitgedächtnis eher das Besondere als das Alltägliche. Je ausgefallener das Ereignis, desto dauerhafter die Erinnerung. Ausgefallenes hatte der Unterricht im dritten Jahr aber wohl nicht viel zu bieten. Bis auf den Lehrstoff war fast alles so geblieben wie im Vorjahr, nur in Deutsch unterrichtete uns jetzt Frau Rindfleisch anstelle von Herrn Neubert.

Wir hatten uns bald eingelebt in unseren Zweimannzimmern. Franz und ich konnten sogar Radio hören, obwohl wir gar keins besaßen. Das Gerät stand im Zimmer gegenüber bei Joachim Wallner. Achim war Rundfunkbastler und sein Empfänger Marke Eigenbau. Deshalb wurde er anerkennend Öhmchen genannt (nach dem deutschen Physiker Georg Simon Ohm). Öhmchen hatte in unserem Zimmer einen Lautsprecher installiert.

Franzens Freundin, die er Gösser nannte, studierte auch an der Greifswalder ABF. Wenn Franz ab und an im Frauenblock bei seiner Gösser weilte, hatte ich praktisch eine sturmfreie Bude. Die nützte mir aber meistens nichts. Doch einmal war Damenbesuch angesagt. Ich hatte bei Öhmchen Musik bestellt und mich dann meinem Besuch gewidmet. Die Musik verstummte aber bald und Achim nuschelte irgendwas von umklemmen. Ich achtete nicht weiter darauf und wandte mich wieder der jungen Dame zu.

Später, nachdem mein Besuch schon gegangen war, kam Walter Nietsche und sagte: „Komm mal mit rüber zu Öhmchen." Da war die halbe Klasse versammelt und hörte sich ein Gespräch an, das aus Achims Radio kam. Es dauerte eine Weile, bis ich begriff, dass ich das war, der dort sprach. Öhmchen hatte, wahrscheinlich angestiftet von Walter, dem Schlitzohr, meine Unterhaltung mit der jungen Dame aufgenommen. Wie das? Der Lautsprecher in unserem Zimmer ließ sich zum Mikrofon „umklemmen" und genau das hatte Achim nach seiner genuschelten Durchsage getan.

Doch Öhmchen ließ sich nicht nur zu solchen Späßen verleiten, er war auch bei den Tanzabenden in der Mensa gefragt. Nicht als Tänzer oder Musiker, sondern als Elektroniker. Mit einem Mikrofon, einem Verstärker und ein paar Lautsprechern sorgte er dafür, dass unsere Musik überall in dem großen Saal gut ankam. Die Mensabälle waren allgemein beliebt und immer gut besucht.

Wieder war ein Jahr vergangen und wir fuhren in die Ferien.

Anfang Januar wurde Mutti in die Poststelle ans Telefon gerufen, Braunschweig am Apparat. Tief erschüttert kam sie wieder nach Hause – Gerhard war plötzlich verstorben.

Gerhard mit seiner BMW, vermutlich 1936.

Den Tränen nahe gingen wir zu Oma und Opa und überbrachten ihnen die traurige Nachricht.

Auf dem Heimweg sagte Mutti zu mir: „Du warst noch ganz klein, da ist Gerhard mit seinem Motorrad verunglückt. Sein Freund Werner Strahl ist dabei umgekommen. Gerhard hatte eine Gehirnerschütterung und der Arzt meinte später, er könnte mal früh sterben, weil bei dem Unfall in seinem Gehirn eine Ader eingerissen sei."

Mein Onkel war vierunddreißig Jahre alt, als er starb.

Nach den für mich am Ende so traurigen Winterferien trabte ich wieder mit Hansi und den anderen Tag für Tag die Pappelallee rauf und runter. Doch wir marschierten jetzt auf der Zielgeraden und waren vom Ziel nur noch ein halbes Jahr entfernt. Mit den meisten Fächern kam ich nun gut zurecht, aber es gab immer noch einige, die mir Schwierigkeiten bereiteten. Bei Hansi sah das viel besser aus, er stand wohl überall mindestens auf Zwei.

Im Unterricht ging es nicht immer nur um die Vermittlung von Fachwissen. Der eine oder andere Dozent ließ bei passender Gelegenheit auch mal diskret durchblicken, dass es höheren Orts gerne gesehen würde, wenn wir darum bäten, in die Sozialistische Einheitspartei Deutschlands aufgenommen zu werden. Das blieb nicht ohne Wirkung. Einige von uns, darunter auch ich, verpflichteten sich schließlich, in die SED einzutreten. Doch soviel ich weiß, hat keiner der Betreffenden seine Verpflichtung erfüllt, solange wir an der ABF studierten.

Hochzeit machen, das ist wunderschön, heißt es in einem Lied. Das mag stimmen, wenn zwei sich mögen. Marlene und Eddy mochten sich wohl so sehr, dass sie sogar den rauen Februar fürs Heiraten wählten und nicht warten wollten, bis der linde Mai ins Land gezogen war. Am zweiten Februarwochenende sollte die Trauung der beiden in Korswandt gefeiert werden. Ich plante also für das Wochenende eine Heimfahrt ein.

Marlene und Edmund Aue im Februar 1954

Seltsamerweise weiß ich von der Feier so gut wie nichts mehr. Hat da ein Polterabend stattgefunden? Wer waren die Hochzeitsgäste? War Eddys Bruder Alfred dabei? So sehr ich mir auch den Kopf zerbreche – mir will nichts einfallen. Manchmal denke ich gar: „Habe ich die Hochzeit überhaupt miterlebt?" Das war aber der Fall, denn ich entsinne mich wenigstens daran, dass Gerlinde, die Tochter von Muttis Freundin Lieschen Parlow, mit uns gefeiert hat. Ach, es ist schon ein Kreuz mit den Erinnerungen. – Vielleicht habe ich auch nur zu tief ins Glas gekuckt beim Feiern und deshalb alles vergessen.

Zur Festigung und Vertiefung unserer theoretischen Kenntnisse im Fach Chemie war eine Exkursion nach Schkopau geplant. Wir sollten uns in den Buna-Werken ansehen, wie aus Holz Zellstoff und aus Kalk und Kohle synthetischer Kautschuk hergestellt werden.

Die Exkursionsteilnehmer der Cn1 in Schkopau, von links: Günter Timm, Hans-Joachim Lettke, (Bonte), Trautmann, Franz Hempe, Rosi Giese, Joachim Wallner, Walter Nietsche, Günter Dedeleit, Sportdozent Horst Gehrke, Hans Hermann, Manfred Blunk, Walter Lösel, Franz Deutsch, Heinz Mitschard, Chemiedozent Schlappmann (mit Hut) und Arno Bansen.

Allerdings fehlt mir bis auf ein Foto jegliche Erinnerung an die Lehrfahrt. Doch Hansi Lettke, mit dem ich darüber sprach, wusste auf Anhieb, dass wir mit dem Zug nach Halle gefahren sind und dort im Hotel Rotes Ross übernachtet haben. Am nächsten Tag hätten wir dann die betreffenden Fertigungsstätten besichtigt. Außerdem hat er mir am Telefon die Zellstoffchemie und die Kautschuksynthese hergesagt. Davon wusste ich kaum noch was. Aber Hansi hatte auch eine Eins in Chemie.

Pfingsten 1954 fand vom 5. bis zum 7. Juni in Berlin das II. Deutschlandtreffen der Jugend statt. Ich gehörte zu der ABF-Delegation, die an dem Treffen teilgenommen hat. Erinnern kann ich mich aber nur noch daran, dass ich Marlene und Eddy besucht habe, die jetzt in Pankow wohnten. Wir hatten uns seit ihrer Hochzeit nicht mehr gesehen, es wurde spät und ich übernachtete bei ihnen. Doch das brachte mir einen Rüffel ein, der aber weiter keine Folgen für mich hatte.

Mit unserem Starsaxofonisten Siegi Steinke war ich auch öfter unterwegs, wenn es nicht ums Musikmachen ging.

Gegen Ende meines letzten Semesters verbrachten wir sogar gemeinsam ein Wochenende bei mir zu Hause. Korswandt empfing uns mit freundlichem Sommerwetter. Die altehrwürdigen Buchen am Wolgastsee hatten frisches Grün angelegt, überall blühte und zwitscherte es, an der Badestelle planschten die Kleinsten im Wasser und auf dem See ruderten die ersten Badegäste.

Als wir bei Oma und Opa vorbeischauten, haben wir dort Traudchen mit ihren Söhnen getroffen. Wolfgang, der nach dem Tod seines Vaters jetzt Gerhard hieß und Hardi genannt wurde, war erst wenig älter als ein Jahr, aber Reiner zählte schon sieben Lenze. Wir luden ihn ein, mit uns ein bisschen durch die Gegend zu stromern.

Ich zeigte den beiden das Schmidtsche Stammhaus am Köterende und Opas Koppel, die in der Nähe lag. Dann streiften wir durch die Wiesen am Gothensee. Dort sprangen Grashüpfer vor unseren Füßen auf, im Schilf lärmten die Rohrspatzen und nicht weit von uns stolzierte Meister Adebar durchs Gras. Am Ende der Wiesenwanderung wollte ich Reiner und Siegi noch zeigen, wo mir als Kind meine kleine Messingschubkarre in den Graben gefallen war, doch ich konnte Opas Moorwiese nicht finden und gab schließlich die Suche auf.

Die meiste Zeit habe ich mit Siegi aber am See oder im Idyll verbracht; vielleicht waren wir auch tanzen. Sonntagnachmittag mussten wir allerdings schon wieder Schusters Rappen satteln.

Von links: Manfred Blunk und Siegfried Steinke.

An die Abschlussprüfung kann ich mich nur noch blass erinnern, etwa an die im Sport. Beim Hochsprung hatte Dozent Gehrke uns den Wälzer beigebracht. Als während der Prüfung die Höhe von einem Meter siebenundvierzig zu meistern war, fiel bei mir die Latte dreimal. Aber Horst Gehrke gewährte mir ausnahmsweise einen vierten Versuch. Ich sprang mit aller Kraft ab und – bezwang die Höhe doch noch.

Dann waren die fünfzehnhundert Meter zu laufen. In der Cn1 lief sie nur Hans Hermann schneller als ich. Aber Hans fehlte beim Prüfungslauf. Einige Dozenten und sogar Direktor Kusch sahen sich unseren Lauf an. Ich übernahm bald nach dem Start die Führung, gab sie nicht mehr ab und rannte nach genau fünf Minuten als Erster durchs Ziel.

Volksstadion, Cn1-Lauf über 1500 Meter, von links: Manfred Blunk, Franz Deutsch und Heribert Rong.

Im Juli 1954 ging das Abenteuer Abitur zu Ende. Von der Cn1 mussten alle in die mündliche Prüfung, nur Bonte und ich nicht. Als feststand, dass ich die Abschlussprüfung bestanden hatte, marschierte ich schnurstracks zur Hütte und begoss dort den Erfolg mit einem Kognak.

Hansi Lettke, der im ersten Jahr noch die Flinte hatte ins Korn werfen wollen, gehörte mit einer blanken Eins am Ende zu den Klassenbesten. Ich war mit meiner Zwei auch zufrieden, da einige Vieren in meinem Zeugnis standen.

Doch nicht alle konnten sich freuen. Mein Freund Walter Nietsche war durchgefallen. Wahrscheinlich hatte er die falsche Losung gewählt. An seinem Bücherregal stand die ganze Zeit: Ab morgen wird gelernt.

ARBEITER-UND-BAUERN-FAKULTÄT

der

Greifswalder
Universität

Manfred   B l u n k

geboren am   10. 3. 1934   in   Korswandt

hat die Arbeiter-und-Bauern-Fakultät vom   1. 9. 1951   bis   10. 7. 1954   besucht.

Er studierte im   math.-nat.   Studienzweig

und hat am   21. Juni 1954   die Abschlußprüfung abgelegt

Seine Leistungen waren in den Fächern:

Deutsch	genügend
Geschichte	gut
Gesellschaftswissenschaft	gut
Russisch	gut
Latein	-
Englisch	-
Mathematik	genügend
Physik	genügend
Chemie	genügend
Biologie	gut
Geographie	gut
Körpererziehung	sehr gut
Musik	-
Kunsterziehung	gut

Bemerkungen

Die Abschlußprüfung wurde

mit "gut" bestanden.

Dem Studenten wird die Hochschulreife zuerkannt.

Datum   25. Juni 1954

Direktor

Mein Abschlusszeugnis nach dem dritten Studienjahr

Jetzt hieß es Abschied nehmen von Greifswald, das mir mit der Zeit lieb geworden war. Eine sanfte Wehmut ergriff mich. Aber ich empfand auch Dankbarkeit dafür, dass ich armer Dorfjunge hier die Reifeprüfung hatte ablegen dürfen.

Der Greifswalder Markt 2010. In dem alten Bürgerhaus mit dem prächtigsten Backsteingiebel der Stadt befand sich in den fünfziger Jahren ein Lokal, das wir Die Hütte nannten. Ob es wirklich so hieß, weiß ich nicht. Heute steht an der Fassade: Caféhaus Marimar.

So trabte ich schließlich das letzte Mal zum Bahnhof und trat – trotz der Abschiedsstimmung gut gelaunt und ein wenig stolz auf das Erreichte – die Heimreise nach Korswandt an.

Da mein Vater die Woche über in Usedom blieb, war Mutti alleine, als ich nach Hause kam. Wir begrüßten uns herzlich und ich zeigte ihr das Zeugnis. Darauf umarmte sie mich und sagte: „Ach, ich bin so froh, dass du das geschafft hast." Auch Oma und Opa habe ich später besucht und Lux, unsern Schäferhund, der sich fast den Schwanz abgewedelt hat vor Freude.

Dann traf ich diesen und jenen meiner Freunde und wir gingen auf ein Bier zu Karl Bergte. Da war nun allerhand zu erzählen und nebenbei wurden ein paar Runden am Billardtisch ausgespielt. Es ist auch möglich, dass ich mit Dieter Schuld wieder Musik gemach habe.

Als ich am Samstag vom Wolgastsee nach Hause kam, war Papa da. Mutti hatte ihm schon alles erzählt, aber natürlich habe ich auch ihm mein Abschlusszeugnis gezeigt. Mein Vater fuhr jetzt ein Motorrad, eine AWO, und zur Feier des Tages durfte ich mit der Maschine ein paar Runden drehen.

Im Dorf war wie jedes Jahr die Ernte in vollem Gange. Opa brachte mit seinem Kuhgespann den Roggen unter Dach und Fach, doch ihm und Oma fiel die Arbeit schon verdammt schwer. Zudem litt mein Großvater sehr unter der Gicht. Ohne Muttis Hilfe hätten meine Großeltern ihre kleine Landwirtschaft nicht mehr betreiben können. Sicherlich haben Papa und ich auch öfter mit zugefasst, aber genau weiß ich das nicht mehr.

Mir schien, diesen Sommer waren noch mehr Kinder im Dorf als im Vorjahr. Mancher Betrieb aus dem Binnenland hatte den „letzten" freien Fleck gefunden und schon gab es wieder ein neues Kinderferienlager. Aber nicht nur Kinder, auch immer mehr Erwachsene verbrachten ihren Urlaub in

Korswandt und Ulrichshorst. Einige Dorfbewohner vermieteten im Sommer Zimmer, die sie für eine Weile entbehren konnten.

All die Sonnenanbeter, kleine wie große, tummelten sich an der Badestelle, sofern es sie nicht an den Ostseestrand zog. Wir Jünglinge waren wieder überall dabei. Mal in Ahlbeck tanzen, mal im Idyll. Baden „ohne" am FKK-Strand oder „mit" im Wolgastsee und zwischendurch ließen wir bei Karl Bergte die Billardkugeln rollen und nahmen einen zur Brust.

Ende Juli kam Hansi Lettke nach Hause. Er hatte gleich nach der Abschlussprüfung an einem Segelfliegerlehrgang in Thüringen teilgenommen. Während der erlebnisreichen drei Jahre in Greifswald waren wir gute Freunde geworden und ich schlug ihm vor, darauf demnächst mal mit einem Gläschen anzustoßen.

Wir trafen uns also zur Kaffeezeit im Idyll, nahmen an der Seeseite im Roten Zimmer Platz und bestellten zwei Bier. Hansi war noch ganz bei seiner Segelfliegerei, darum drehte sich unser Gespräch zunächst um seine jüngsten Erlebnisse am Thüringer Himmel. Später kamen wir auf Studienfreunde und Dozenten der ABF zu sprechen, auf Öhmchen, Franz Hempe oder meinen Freund Walter Nietsche, auf Dr. Engel, Hannibal und Dr. Schildhauer. Dann erinnerten wir uns an Tanzabende im Korso oder im Theatercafé, gerieten vom Hundertsten ins Tausendste und erzählten einander auch manche Schnurre, die wir nicht zusammen erlebt hatten.

Als uns gegen Abend die vierte Runde serviert wurde, betraten zwei reizende junge Damen den Salon und ließen sich am Nachbartisch nieder. Mir stach sofort die Dunkelhaarige ins Auge, sie war bildschön. Nach einem schnellen Blickwechsel sah ich, dass Hansi genauso erstaunt und angetan war wie ich. Schon ein wenig aufgekratzt, fingen wir an, mit den hübschen Venustöchtern zu flirten. Die Urlauberinnen kamen aus Döbeln und wohnten bei Mazureks. Mit Hinweis auf unser frisch gebackenes Abitur luden wir sie zu einem Glas Wein ein. Das lehnten die Damen nicht ab, doch es blieb nicht bei einem Glas

Schließlich verließen wir ziemlich weinselig das Lokal und schlenderten runter zum See. Sachte zog die Nacht herauf, ein laues Lüftchen säuselte in den Bäumen, die sich als dunkle Schatten im Wasser spiegelten.

Nach einer Weile war ich mit dem hübschen Sachsenmädel alleine. Wir gingen ein Stück am See entlang und unterhielten uns. Dabei hatte meine schöne Urlauberin ihre liebe Not damit, sich der vielen Mücken zu erwehren, die über uns herfielen. Ich fühlte mich in der lauschigen Sommernacht aber weitaus mehr von den Pfeilen des kleinen Bogenschützen bedrängt als von den Mücken …

Sommerabend am Wolgastsee

Nach den vielen tollen Sonnentagen – und manch heimli-
cher Nacht – neigten sich die Ferien dem Ende zu und auch
die wunderschöne Jugendzeit war verflossen. Adieu, ihr
fröhlichen Jünglingsjahre, adieu, adieu, ihr kehret nimmer
wieder. –

Der Mann muss hinaus ins feindliche Leben, heißt es bei
Schiller. Doch gar so feindlich wie dazumal war das Leben
jetzt sicherlich nicht mehr, aber hinaus musste ich auch,
wenn ich an der Technischen Hochschule in Dresden Bau-
wesen studieren wollte. Da hieß es also wieder Koffer packen und Abschied nehmen von Korswandt und denen, die
mir lieb und teuer waren, doch das ist schon eine andere
Geschichte.

Dorfstraße von Korswandt in den 1940er, 1950er Jahren

E-Mail: <u>manfred.blunk@telecolumbus.net</u>

Berlin 2016